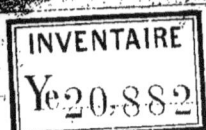

LÉOÏSIADES

OU

MON JOURNAL DE POÈTE

RENFERMANT LE PORTRAIT DE L'AUTEUR

ET UNE PRÉFACE DE

M. Antonin MARTIN, Président de l'Académie poétique
de France,

Par l'Abbé Léoïs DUPUY-PÉYOU,

Chevalier de Saint-Jean de Jérusalem,

**Membre d'honneur et lauréat de plusieurs académies et sociétés
savantes de la France et de l'étranger.**

PREMIÈRE ÉDITION

TOULOUSE

EDOUARD PRIVAT, LIBRAIRE-ÉDITEUR

45, RUE DES TOURNEURS, 45.

1880

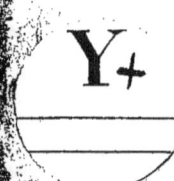
Dépôt légal

Sarlat, le 1er 8bre 1880

Michelet

LÉOÏSIADES

LÉOÏSIADES

OU

MON JOURNAL DE POÈTE

RENFERMANT LE PORTRAIT DE L'AUTEUR

ET UNE PRÉFACE DE

M. Antonin MARTIN, Président de l'Académie poétique
de France,

Par l'Abbé Léoïs DUPUY-PÉYOU,

Chevalier de Saint-Jean de Jérusalem,

**Membre d'honneur et lauréat de plusieurs académies et sociétés
savantes de la France et de l'étranger.**

TOULOUSE

EDOUARD PRIVAT, LIBRAIRE-ÉDITEUR

45, RUE DES TOURNEURS, 45.

—

1880

PRÉFACE

Présenter au lecteur un poète tel que **M. DUPUY-PÉYOU**, est un plaisir, en même temps qu'une bonne fortune pour celui qui est chargé de cette agréable mission.

Aussi nous empressons-nous de dire que le désir exprimé par notre cher Confrère, de nous voir remplir cet affectueux office, nous paraît être un acte de déférente amitié envers nous, bien plus qu'une nécessité pour le succès de son œuvre.

« *Les Joyaux de la Reine des Cieux,* » cet écrin de perles précieuses qui a déjà eu plusieurs éditions, dont une savamment mise en musique par M. l'abbé **DE LA TOUR**, ont depuis longtemps consacré, et d'une manière irrémissible, la réputation de notre aimable et bien cher Collègue à *l'Académie poétique de France.*

Il ne faut donc pas prendre au pied de la lettre le *Sonnet* que l'Auteur des « *Léoïsiades* » nous dédie, à la page 132 de ce recueil, car il décèle trop d'hu-

1

milité de la part de celui qui nous l'adressa, et laisse
éclater beaucoup trop d'admiration pour celui à qui
il s'adresse.

Amant de la vérité, cette lumière divine que l'on
met trop souvent sous le boisseau, nous dirons, à ceux
qui n'ont pas lu notre critique des « *Joyaux de la Reine
des Cieux,* » que, loin de vouloir casser une aile à
notre cher poète, nous avons, au contraire, rendu
pleine justice à la vigueur et à la grâce de son vol
poétique.

Surchargé d'entraves volontaires, il n'en a pas moins
parcouru les régions sereines de l'azur avec une
assurance qui s'approche de la maîtrise.

S'il est, dans cet ouvrage, quelques coups d'ailes
indécis — et qui pourrait se vanter de n'en donner
jamais ! — ils sont largement compensés par l'en-
semble d'un vol régulier, et qui va droit à son but :
« *les Cieux.* »

Trop de poètes, trop de prosateurs se vautrent dans
la fange du *naturalisme* pour que nous n'éprouvions
pas une grande joie lorsque nous voyons un barde,
bien inspiré, rompre les entraves terrestres pour
élever notre âme à la hauteur du seul idéal qui soit
digne d'elle, et lui montrer le terme de son pénible
voyage à travers cette existence douloureuse : *la Cé-
leste Patrie.*

Posséder la faculté de parler la langue des dieux ou

simplement celle des hommes, et rendre des sons que
désavouerait la dernière des brutes, nous semble
constituer une monstruosité, dont peut seul se rendre
coupable un cerveau qui relèvera, tôt ou tard, du
domaine d'un médecin aliéniste.

Saine et vigoureuse est, au contraire, la pensée qui
enfanta « *Les Léoïsiades ; »* généreuses et consolantes
sont les notes des chants qui les composent : l'Amitié,
l'Amour chaste, la Famille, la Patrie et Dieu, telle est
la *chaîne* simple, mais forte et durable, sur laquelle,
en honnête et consciencieux ouvrier, M. DUPUY-
PÉYOU a *tramé* son poétique ouvrage.

Nous n'entreprendrons pas d'analyser ici et de
dépeindre chaque dessin de ce brillant tissu; ce serait
abuser de la confiance que notre confrère nous a
témoignée et usurper, dans le terrain qu'il nous a
concédé, plus de place qu'il ne nous en offrait, dans
sa pensée. Quoiqu'il nous ait laissé le champ libre,
nous savons où sont plantées les bornes de notre
domaine, et nous ne les franchirons pas.

Cependant, sans transformer cette préface en critique, nous recommanderons à notre poète de ne pas
abuser de *l'acrostiche*, ce petit, bien petit tour de force
qui décèle, de la part de son auteur, bien moins de
talent qu'on ne lui en suppose d'ordinaire, et de ban-
nir de son *album* toute *fantaisie arithmétique*, dans le
goût de celle qu'il a intitulée « 66e Anniversaire. »

Cela sent les gobelets du prestidigitateur. Or, le poète hante des régions trop élevées et trop sereines pour qu'il s'abaisse ainsi jusqu'aux tréteaux de la littérature vulgaire.

Par contre, nous signalerons aux amateurs de bonne poésie qui liront ce recueil, la pièce intitulée : « *l'Anniversaire,* » où nous avons remarqué ce vers, si vrai dans sa consolante beauté :

Dans le champ de la mort, où tu trouvas la vie ;

Celles qui ont pour titre : « *Ah! si j'avais une aile !* » — « *Le Séminaire.* » — « *Le Secret.* » — « *Echo d'une prison.* » — « *Résignation et Souvenir.* » — « *Si Dieu voulait.* » — « *Spectacle de l'Océan.* » — « *Montagnes Pyrénées.* » — « *L'Eglise ou la Maison de Dieu.* » — « *Le jugement dernier.* » — « *Au captif.* » — « *Mère et enfant.* » — « *Bonne année.* »

Les lecteurs attentifs et compétents, remarqueront que c'est surtout dans *l'Elégie* qu'excelle l'Auteur des « *Léoïsiades ;* » aussi ne s'étonneront-ils pas de nous voir recommander à M. DUPUY-PÉYOU de cultiver ce genre, de préférence à tout autre.

Nous croyons pouvoir lui donner cet amical conseil, sans qu'il puisse supposer qu'il entre dans nos vues de transformer sa lyre en un instrument *monocorde.* Nous lui indiquons simplement la note qu'il rend le mieux,

absolument comme nous dirions à un ténor : « Vous
« donnez à ravir *l'ut dièze*, usez de cette faculté chaque
« fois que l'occasion s'en présentera. » Ce qui ne
voudrait pas dire : « Abusez-en : » *abusus non tollit
usum*.

M. DUPUY-PÉYOU est jeune, et il est fécond puisque
nous avons reçu de lui, outre les « *Joyaux de la Reine
des Cieux* » et « *les Léoïsiades*, » diverses brochures
dont les titres ne sont pas présents à notre mémoire,
et un volume intitulé « *Six mois au pays des Yankées* ; »
ce serait donc lui imposer un vrai supplice que de le
condamner aux *élégies forcées* à perpétuité.

Qu'il butine sur toutes les fleurs dont les sucs sont
bienfaisants et nourriciers, mais qu'il garde ses plus
tendres caresses pour la pâle chrysanthème, qui lui
réserve, en retour, les parfums les plus subtils.

« L'indignation fait jaillir le vers, »

a dit Juvénal ; nous ajouterons que la douleur est le
creuset dans lequel il s'épure le mieux.

Epurons donc nos cœurs, pour que nos vers soient
chastes et exempts de tout alliage grossier ; ce n'est
que par la Muse du *bien* et du *beau* que nous relèverons
notre Patrie.

Ne nous attristons pas parce que nous la voyons
descendre si bas ; les « Rougon-Macquart » ne sont

pas le dernier terme de son voyage à travers les égoûts. Plus bas ! plus bas encore ! car si la chute se mesure au sommet, l'ascension est proportionnelle à la profondeur de l'abîme.

Plus bas ! plus bas encore, chère France ! afin que ton *excelsior* frappe de stupeur ceux qui croiront t'avoir ensevelie, à tout jamais, dans la boue de leurs écritoires.

Saluons donc les poètes qui ont le courage, comme le fait M. DUPUY-PÉYOU, de réagir contre les tendances matérialistes de notre siècle, et souhaitons bonne chance à leurs écrits en général, et particulièrement aux « *Léoïsiades*, » dont nous avons l'honneur d'être le parrain.

Antonin MARTIN.

Nîmes, 25 Septembre 1880.

LIVRE PREMIER

PREMIÈRES BRISES

2

PREMIÈRES BRISES.

UNE SCÈNE DE LA NATURE

(MÉDITATION).

In tribulatione dilatasti mihi

Psal.

Sous le poids écrasant d'une sombre pensée,
Mon âme, lasse enfin, de douleur oppressée,
Recherchait vainement une trêve à ses maux.
Rien ne pouvait, hélas! lui donner du repos
Ou lui rendre un instant et la paix et la vie.
Morne, triste, abattu par la mélancolie,
Je m'assis sur le bord d'un limpide ruisseau,
Cherchant à me distraire en contemplant son eau.
C'était un jour d'hiver, l'atmosphère était douce.
Seul, au milieu des champs, sur mon tapis de mousse,
La tête entre les mains, je semblais du regard
Scruter la Providence en admirant son art.
Une profonde paix régnait dans la nature ;
A peine entendait-on l'harmonieux murmure
Du liquide cristal qui coulait à mes pieds.
On eût dit que l'oiseau, muet à mes côtés,

Ecoutait en silence en cette solitude
Comme pour prendre part à mon inquiétude,
Tandis que son gosier oubliait sa chanson.
Devant mes yeux, parfois un flexible buisson,
Sous l'insensible effort d'une brise légère,
Agité, tourmenté, se courbait vers la terre.
Tout respirait la paix. Lui seul, mon pauvre cœur,
Sans cesse ballottait au sein de la douleur,
Et bien loin d'étouffer les tisons de mon âme,
La nature et son calme en activaient la flamme.

Eperdu, hors de moi, je me lève soudain,
Et jetant au hasard mes yeux dans le lointain,
Tout à coup je me sens ravi comme en extase.
Majestueusement appuyés sur leur base,
Je voyais les géants qui bordaient l'horizon.
Le soleil s'enfuyait, et le dernier rayon
Qu'il laissait échapper de son urne d'albâtre
Illuminait encor et la crète blanchâtre
Et les énormes flancs des monts pyrénéens,
Tandis que gravement, des pics aériens,
Une ombre descendait, s'étendant dans la plaine,
Avançant à pas lents comme une souveraine.

Sous leur manteau d'argent, sous leur riche miroir,
Ces monstres dédaigneux, il faisait beau les voir

Etaler leur parure et d'un élan sublime
Elever jusqu'aux cieux leur orgueilleuse cime,
Comme pour dominer sur le vaste univers.
Ils semblaient oublier qu'ils devaient aux hivers,
Au souverain suprème, à sa munificence,
Leur beauté, leur richesse et leur magnificence ;
Et ce riant soleil qui parcourait les cieux,
Ils le voyaient briller uniquement pour eux,
Pour rehausser l'éclat de leur belle parure.
Vanité, sot orgueil. Bientôt quand la nature,
Lasse des blancs frimas, des glaces, des autans,
Chargerait les zéphyrs d'annoncer le printemps,
Je voyais le soleil en course aérienne,
Repoussant l'Aquilon de sa brûlante haleine,
Trahir leur vain espoir, déchirer leur manteau,
Le percer de ses feux et le réduire en eau.
Frappé, je me disais : « L'on verra dévoilées
Sous peu de jours par lui ces magiques vallées,
L'on pourra contempler alors ces rocs scabreux,
Ces monts au front terrible et ces pics sourcilleux ;
Et ces gouffres béants, ces torrents, ces abîmes
Et ces larges ravins aux horreurs si sublimes. »

Ah ! ce tableau pour moi qu'il était éloquent !
Pour mon cœur oppressé qu'il était consolent !

Je rêvais les honneurs que me montrait le monde,
Et ce monde trompeur sur lequel on se fonde,
Qui flatte avec bonté, qui tue au même instant,
Et cette vaine gloire avec son faux brillant,
Ma foi les contemplait dans ce riant mirage,
Le soleil et les monts en étaient une image.
J'acceptai la leçon que m'envoyait le ciel :
Et disant, plein de joie, une hymne à l'Eternel,
Je bénis ses secrets, car mon âme ravie
Venait de recouvrer et la paix et la vie.

15 janvier 1868.

LA VALLÉE DE LA NESTE

(IDYLLE).

Déjà dans la vallée
L'astre du jour s'enfuit
Et la voûte étoilée
Va briller dans la nuit.
Sur la nature entière
Une ombre s'étendra
Et tout dans le mystère
Bientôt reposera.

On entend dans la plaine
Descendre le troupeau
Que le pâtre ramène
Jouant du chalumeau.
Au loin l'écho répète
Ces bruits retentissants
Que font chaque clochette
Et les mugissements.

A toute la colline,
Aux forêts d'alentour,
Une voix argentine
Chante la fin du jour.
C'est la cloche pieuse
Qui rappelle au foyer
La foule travailleuse
Qu'elle invite à prier.

A la table champêtre
Tous arrivent s'asseoir
Sur le vieux banc de hêtre,
Pour le repas du soir,
Et sur l'âtre de pierre,
Avant le doux repos,
Chacun dans sa prière
Offrira ses travaux.

Philomèle au bocage
Redira sur l'osier
Le cadencé ramage
De son souple gosier.
L'harmonieux murmure
Du limpide ruisseau
Chantera la nature
Et le printemps nouveau.

Seule en bas dans la plaine,
La Neste aux flots d'azur,
Va dérouler sereine
Ses plis sous le ciel pur,
Tandis qu'au loin dans l'ombre
On entendra l'écho
Du bruit sonore et sombre
Du fracas de son eau.

Dors, repose en silence.
Fortuné laboureur,
La douce Providence
Va bénir ta sueur.
Toujours dans sa largesse,
Elle veille au vallon
Pour donner la richesse
A ta chère moisson.

Quelques instants encore,
Et ce riant soleil,
Dorant les monts de l'Aure,
Va sonner le réveil.
Chaque être en son langage
Bénira le Seigneur,
L'oiseau par son ramage
Et l'enfant par un pleur.

La fauvette plaintive,
Que rappelle l'amour,
Reviendra sur la rive
Pour chanter tout le jour.
Le papillon, l'abeille
Au vol harmonieux,
Tout va charmer l'oreille
Et captiver les yeux.

Retournant à l'ouvrage,
Le laboureur heureux
Quittera le village
En tête de ses bœufs.
Sur toutes les collines
On entendra les eaux,
Mille voix argentines
Et des bruits de grelots.

Heureux, trop heureux l'homme
Loin du monde trompeur,
Qui trouve sous le chaume
La paix et le bonheur,
Il est digne d'envie.
— *Dans la simplicité*
On goûte bien la vie
Et la félicité.

20 janvier 1868.

A la douce mémoire de ma sœur MARIE.

—

L'ANNIVERSAIRE

(ÉLÉGIE).

I

Longs siècles qui passez rapides sur la terre,
Emportant à la fois la joie et la douleur,
Vous amenez ce jour, touchant anniversaire
De cet instant, hélas ! qui nous brisa le cœur.

Sombre aurore, salut. Tu redis des alarmes,
Des soupirs d'amertume échappés vers les cieux ;
Tu rappelles d'un deuil les déchirantes larmes
Retraçant à nos cœurs de suprèmes adieux.

De son lugubre accent, de sa voix funéraire,
La cloche avec lenteur retentissant dans l'air,
Dans le cœur d'un époux, dans le cœur d'une mère
Trouvait un triste écho. C'était à peine hier.

Oui, des amis en pleurs, naguère t'ont suivie,
T'entourant tour à tour et portant ton cercueil
Dans le champ de la mort où tu trouvas la vie,
Des proches consternés t'accompagnaient en deuil.

Ce drame déchirant qui pourrait le décrire?
C'est un frère, une sœur, c'est un ange au berceau ;
C'est un père, une mère, un époux qui soupire,
Qui te disent adieu sur les bords du tombeau.

II

Ce monde, tourbillon de cendre et de fumée,
Ne pouvait accomplir tes vœux mystérieux,
Et ton âme voulait, pour Dieu seul enflammée,
Libre de tout lien s'envoler vers les cieux.

Le plus doux des trésors qu'accorde la nature,
Cet ange d'un printemps aux radieux regards,
Tendre gage d'amour qui sourit, qui murmure
Ton nom et qui te cherche encor de toutes parts;

Bien plus, et cet époux, que l'angoisse dévore,
Lui que le ciel avait choisi pour ton bonheur,
Et qui de ses beaux jours n'a goûté que l'aurore,
Rien n'a pu te tenter et retenir ton cœur.

Honneurs, monde, plaisirs, chastes amours, jeunesse,
Pour toi c'était trop peu : Tu songeais à la mort,
Et la mort t'a fermé les yeux avec tendresse
Comme l'ange les ferme à l'enfant qui s'endort.

Fuyant l'appât trompeur, ô timide colombe,
Ton aile et tes soupirs t'entraînaient vers le ciel,
Tu ne fis que passer, et le lit de la tombe
Te reçut pour t'offrir le repos éternel.

Tel un jeune captif sur la lointaine plage,
Appelle de ses vœux l'aurore du beau jour
Qui doit briser ses fers, le conduire au rivage
De sa chère patrie où vole son amour.

III

Oh ! dis-nous maintenant le bonheur qui t'inonde,

Cette joie ineffable et ces élans pieux
Que ne sut te donner le néant de ce monde,
Que tu ressens si bien dans la splendeur des cieux.

Apprends-nous aujourd'hui ces rêves extatiques
Qui transportent ton âme aux pieds de ton Sauveur,
Et dis-nous ici-bas les colloques mystiques
De tous les bienheureux avec leur Créateur.

Et quelques jours encore, à l'abri de la trombe,
Notre esquif doucement rentrera dans le port.
Nous briserons nos fers et nous verrons la tombe
En bénissant le ciel sans nous plaindre du sort.

Entr'ouvrant de ton vol les voûtes éternelles,
Ange béni, descends alors tout radieux.
Reviens auprès de nous, nous couvrir de tes ailes
Et nous tendre la main pour nous conduire aux cieux.

Mais les jours passeront, repasseront encore
Sans jamais loin de nous emporter la douleur.
Aussi nos cœurs amis viendront à chaque aurore
Te dire leurs regrets, envier ton bonheur.

IV

Vous qui savez aux morts donner une prière,

Dans son champ du repos, si jamais vous rentrez,
De son froid mausolée, en écartant le lierre,
Approchez doucement, en pleurant vous lirez :

Ce marbre funéraire

Recouvre une fille, une sœur,

Une épouse, une mère

Qui nous laissa dans la douleur.

Au printemps de la vie,

Au monde ayant fait ses adieux,

De vertus embellie,

Son âme a volé vers les cieux.

26 janvier 1868.

A PIE IX, PONTIFE ROI

(SONNET).

Salut, Père immortel, le plus doux des vieillards!
J'aime à voir et ton calme et ta beauté sereine
Aux jours où les méchants, aveuglés par la haine,
Arborent contre toi d'infâmes étendards.

Ils voudraient te ravir le trône des Césars
Et plonger dans le deuil l'auguste cité-reine.
Mais toi, pour te venger, de ta main souveraine
Tu les bénis en paix du haut de tes remparts.

Poursuivez, fiers tyrans, poursuivez avec rage
Ce Père magnanime et consommez l'outrage;
Mais au loin entendez un bruit sourd de volcan.

C'est le Seigneur qui vient pour venger son Vicaire,
C'est le Souverain Juge armé de sa colère
Qui vient vous briser tous au pied du Vatican.

28 janvier 1868.

A LA POLOGNE MARTYRE.

(SONNET).

Naguère j'admirais ton sublime courage,
O peuple de héros! j'entendais de tes rois
Acclamer la valeur et la conduite sage,
Célébrer la mémoire et vanter les exploits.

Hélas! le fier Cosaque, assouvissant sa rage,
Te courbe sous le joug en t'imposant ses lois.
Il veut t'anéantir par un dur esclavage
Et détruire ton nom pour la dernière fois.

Mais non, ton souvenir doit parfumer l'histoire,
Les siècles rediront tes vertus et ta gloire,
. Et ton nom restera pour jamais immortel.

Fidèle à tes devoirs, noble Pologne expire,
Car je vois le Seigneur te consacrer martyre
En gardant à tes fils une couronne au ciel.

30 janvier 1868.

AU VÉNÉRABLE Dr T. A. DE COMMINGES

MA PREMIÈRE VISITE.

Tremblant d'émotion, vers toi je m'achemine,
Heureux mont, de sa tour qu'un grand temple domine,
Et que bénit du ciel le patron protecteur.
Oh ! que ton doux aspect fait palpiter mon cœur !
De loin, tu saisis l'œil, humble cité romaine,
On aime à t'admirer quand on vient de la plaine.
Rêveur, dans tes hauts murs je plonge mes regards
Et je franchis bientôt tes antiques remparts.
Ange des malheureux que la douleur oppresse,
Noble époux, tendre père, ami chéri de tous,
Je viens, obéissant à mon cœur qui me presse,
Oublier près de vous des jours pleins de tristesse.
N'est-on pas soulagé quand on est avec vous ?

29 mars 1869.

3

LE MISSIONNAIRE

ou

LE MARTYR DE LA FOI

(ODE).

I

Un rêve tout doré parfois dans la nuit sombre
Me berce doucement, me caresse dans l'ombre,
Et puis à mon réveil me laisse dans l'émoi.
Trahi dans mon bonheur, je devance l'aurore,
J'observe l'Orient : avant qu'il se colore,
Une brise embaumée arrive jusqu'à moi.

Avec l'astre soudain je sens l'espoir reluire :
Je crois encor rêver, car de loin je respire
Le doux parfum du thé, l'odeur des cannelliers.
Mon œil perce l'espace et d'un regard rapide
Aperçoit Osaka sous un beau ciel limpide,
Et l'Océan qui vient baigner ses murs altiers.

O terre des martyrs, entre toutes élue,
Champ d'honneur des Xavier, Japon, je te salue !
J'aime tant tes palmiers et leurs parasols verts,
Tes vastes champs de riz et tes fécondes rives !
J'aime surtout la voix de tes vagues plaintives,
Mon cœur va soupirer près de leurs flots amers.

II

Au bas d'une colline et non loin de la plage,
Sous un rocher moussu, soudain pris par l'orage,
Le nautonnier parfois trouve un asile, un port.
Le voyageur tardif qu'égare la nuit sombre,
Approche avec bonheur lui demander son ombre,
            Attendant le jour, il y dort.

C'est là sous cette voûte où serpente le lierre
Que le regard découvre une humble croix de pierre
Dont le sommet noirci s'incline vers le sol.
Au pied de cette croix simple et mystérieuse
Que vient mouiller souvent la vague harmonieuse,
            Un héros arrêta son vol.

Il dort là ce héros. Un petit grain de sable
Suffit pour contenir son courage indomptable
Et pour paralyser l'élan de son grand cœur.

De ce guerrier à peine une pierre isolée,
Trahissant son séjour, lui sert de mausolée
      Pour nous redire sa valeur.

Passant, ne cherche pas son nom plein de mystères ;
Il est écrit au ciel en sacrés caractères.
Il fut pauvre, il est riche ; il fut humble, il est roi.
Mais approche et tes yeux sur la pierre insensible
Liront ces mots : « Ci-gît un héros invincible,
      Apôtre et martyr de la Foi.

Rocher, relève-toi, laisse-moi la lumière ;
Toi, mer, calme tes flots, écarte-toi, poussière,
L'oreille doit entendre et l'œil doit admirer.
Mon cœur veut méditer au pied de cette tombe,
Et si de ma paupière un pleur s'échappe et tombe,
      Ce ne sera que pour prier.

Poète, je voudrais célébrer sur ma lyre,
Dans un élan d'amour que je ne puis traduire,
Le nom de ce héros qui franchit l'univers ;
Son nom que l'ennemi dans sa rage vénère,
Son nom qui fait rougir les tyrans de la terre,
      Son nom, la terreur des enfers.

Ma voix est impuissante ; immortelles phalanges,
Préparez vos concerts, vos hymnes de louanges ;

Dans vos parvis sacrés, chantez, chantez en chœur.
Que les échos du ciel de son doux nom résonne
Et que vos doigts sacrés tressent une couronne
    Pour le front de ce confesseur.

III

En quittant un instant cette lointaine plage,
Je reviens de ces mers et sur l'autre rivage
Un spectacle touchant captive mon regard.
Vingt ans ont déjà fui, mais mon âme ravie
Se rappelle toujours ce moment de la vie
    Où je fus témoin d'un départ.

Eperdu, l'œil hagard, la pâleur au visage,
Un jeune homme à genoux, presque à bout de courage,
D'un vieux père implorait la bénédiction,
D'une mère un pardon. Une secrète flamme
Martyrisait son cœur et dévorait son âme :
    Il cachait son émotion.

Bientôt se relevant, il embrassait la mère,
S'arrachait de ses bras pour embrasser le père
Pour la dernière fois. Oh! l'adieu solennel!
Par un effort suprême il voulait leur sourire,
Mais à peine put-il achever de leur dire :
    « Ah! courage, au revoir au ciel! »

Payez à la douleur le tribut de vos larmes,
O fortünés parents, vous goûterez des charmes
Un jour dans ces adieux qui vous brisent le cœur.
Jusqu'au bout consommez votre amer sacrifice,
Confiance, bientôt dans le même calice
        Vous sentirez de la douceur.

                        IV

Le voyez-vous ce fils au front noble et candide ?
Son cœur tout palpitant dans sa fougue intrépide
Fait bouillonner son sang. La rigueur des hivers
Ne saurait l'arrêter. Plein d'une sainte audace
Il court, en peu de temps il dévore l'espace,
        Il a déjà franchi les mers.

Où va cet imprudent, ce jeune téméraire ?
Sans soutien, sans défense, exilé sur la terre,
Pourra-t-il seul lutter contre un monde méchant ?
Caprice d'un enfant, vaine ardeur juvénile :
Il périra bientôt comme un roseau fragile
        Brisé par la foudre ou le vent.

— Mais non, il vaincra tout : pour conquérir le monde
Que peut-il redouter, puisque Dieu le seconde ?

La victoire est promise, il n'a plus qu'à marcher.
Il entend dans son cœur une voix qui l'appelle ;
Il aperçoit au ciel une palme immortelle,
    Cette palme, il va la chercher.

Moins jaloux, plus humain qu'un puissant de la terre,
Il va briser des fers, soulager la misère.
Il n'aime point le deuil, le sang lui fait horreur.
Sans rechercher sa gloire, il est plus redoutable :
En entendant son nom, rempart inexpugnable,
    L'ennemi fuira de terreur.

La croix est son drapeau ; sa devise chérie :
« Combattre pour le ciel ! » — « Vivent Jésus, Marie ! »
Tel est son cri de guerre, aussi telle est sa loi.
Il porte sur son cœur une armure guerrière ;
Sa parole est son dard, son glaive, la prière,
    Son puissant bouclier, la Foi.

Des peuples orphelins, du sein de leur misère,
Gémissent sans secours, comme il sera leur père,
C'est pour les soulager que Dieu l'appelle, il part.
Bientôt par sa présence il conjure l'orage,
Ravive leur espoir, ranime leur courage
    En arborant son étendard.

Déjà sur mille fronts l'eau sainte du baptème
A fait couler la grâce. Un sacré diadème
Couronne les pécheurs; de serfs il les fait rois,
Il brise de satan le sceptre tyrannique :
Par lui l'enfer se ferme et l'éternel portique
    Reçoit le fruit de ses exploits.

V

Trop longtemps c'était vaincre et l'heure était sonnée,
Il fallait la victoire à la fin couronnée.
O mandarin jaloux, il fallait expier
Pour plaire à ton orgueil tant de force et de calme.
Mais qu'importe, en mourant il remporta la palme,
    Et te vainquit, toi, vil guerrier.

Tu te repus, tyran, du sang de ta victime,
Et ne sachant, hélas! te contenter d'un crime,
Tu profanas son corps et dispersas ses chairs.
Dieu pourtant arracha de ta main sacrilége,
Son cœur qui ne bat plus, mais qu'un rocher protége,
    Son cœur que respectent les mers.

Ce cœur que voulut-il, oh! dis-le moi, parjure?
Sa charité fut-elle un outrage, une injure ?

Le bonheur de ton peuple aurait été le sien.
Tu l'immolas ce saint, et lui dans sa vengeance
Te dit : « Je te pardonne avec cette espérance
    Que mon sang te rendra chrétien. »

Tu l'entendis ce cri, ces paroles suaves,
Ce pardon généreux? Il faut que tu les graves
Pour ta honte ici-bas sur ton front, dans ton cœur.
Mais un juge est au ciel : sa main jamais n'efface
Un crime sans remords. Redoute sa menace,
    Redoute un Dieu vengeur.

Tremble, ô fier mandarin, courbe ta tète altière,
Roule à genoux le front courbé dans la poussière
Pour adorer le Christ que tu foulas jadis.
Abjure tes erreurs, il faut ce sacrifice,
Et puis relève-toi, ne crains plus la justice,
    Dieu pardonne, mais à ce prix.

VI

Vainqueur sur cette terre, apôtre, la souffrance
En abrégeant tes jours hâta ta délivrance
Et grandit pour jamais ton bonheur éternel.
En te donnant la mort on te donna la vie,
On te sacra martyr quand ton âme ravie
    Soudain s'envola vers le ciel.

Hosanna, Hosanna ! Tu règnes sur ton trône.
O héros ! le front ceint de la double couronne
D'apôtre et de martyr, tu charmes les élus.
L'Eglise chantera ton souvenir, ta gloire,
Ton nom et ta valeur inscrits dans son histoire,
    Au monde diront tes vertus.

Apôtre bienheureux, je veux faire la guerre,
Comme toi je veux vaincre en enseignant la terre,
L'infidèle est mon frère, à lui je veux courir.
Héritier de ton zèle, en parcourant ta route,
Je verserai mon sang s'il le faut goutte à goutte,
    Trop fier un jour d'être martyr.

En la fête de saint François Xavier, 3 décembre 1868.

AH! SI J'AVAIS UNE AILE

ou

LE PETIT LOUIS

(BALLADE).

Il avait la blancheur du lis, le parfum de la rose,
Le gazouillement de l'oiseau et l'innocence du papillon.

I

Un enfant et sa mère
Vivaient mystérieux,
Ignorés sur la terre,
Mais bénis par les cieux.
La mère avec tendresse
Aimait son doux trésor,
C'était là sa richesse
Plus chère que tout l'or.

L'enfant beau, sans nuage,
Respirait la douceur,
Et son petit visage
Rayonnait de candeur.
Ses lèvres étaient roses :
On eût dit deux saphirs,
Deux pétales écloses
A l'abri des zéphyrs.

Il bégayait à peine ;
Sa mère comprenait,
Et ses deux yeux d'ébène
Elle les adorait
Comme ses deux idoles.
De longues boucles d'or
Flottant sur ses épaules
L'embellissaient encor.

Marthe aimait son sourire,
Son regard enfantin,
Sa voix tendre lui dire :
« Maman » d'un ton divin.
Quatre ans, oh ! le bel âge !
Il était radieux ;
C'était la pure image
D'un habitant des cieux.

II

Quand la brise légère
Succédait aux autans,
Que l'hiver sur la terre
Faisait place au printemps.
Que leur joie était douce !
Le matin et le soir
Sur un siège de mousse
Tous deux venaient s'asseoir.

Le verdoyant feuillage
Et les massifs de fleurs
Les mettaient par l'ombrage
A l'abri des ardeurs.
Et là, la bonne mère,
Rêvait, priait souvent,
Dans un bonheur sincère
Contemplant son enfant.

Et lorsque trop distraite
Son peloton tombait,
De sa main toujours prête
Louis le ramassait,
Mais avec quelle ivresse !
Son front épanoui
Recevait la caresse
Qui lui disait merci.

Courant dans le parterre,
Il allait bien discret
Préparer pour sa mère
Un tout petit bouquet,
Ou de sa main mi-close,
A côté d'un rosier,
Effeuiller une rose
Dans son bleu tablier.

Quand venait une abeille
Aux célestes couleurs,
A la robe vermeille
Se cacher dans les fleurs :
« Eh !⸱maman, que fait-elle ?
» Disait-il, tout joyeux,
» Vois donc comme elle est belle ;
» Dis, vient-elle des cieux ?

» N'est-ce pas qu'elle mange
» Pour faire le doux miel
» Que Jésus donne à l'ange
» Qui va le voir au ciel ? »
Et puis la voyant luire,
Loin de lui s'en aller,
Il l'aurait voulu suivre
S'il avait pu voler.

Aux ailes diaprées,
Bientôt un papillon
De ses taches dorées
Réflétait un rayon.
Brillant comme l'aurore,
Il allait, repassait,
Puis revenait encore,
Enfin disparaissait.

Mais Louis immobile
S'assombrissait parfois,
Car le passant agile
Etait sourd à sa voix.
Il disait en lui-même :
« Je ne puis l'attraper,
» Il me fuit et je l'aime ;
» Si je savais voler ! »

Et puis une hirondelle,
Tout près de la maison,
Venait, hôte fidèle,
Effleurer le gazon.
Disparaissant rapide
Comme un léger esquif,
Sa douce voix timide
Poussait un cri plaintif.

Entendant son murmure,
Louis la rappelait :
« Gentille créature,
» Viens, en toi tout me plaît,
» Ici ne crains personne,
» Tu dois avoir bien faim ?
— Et sa main si mignonne
Emiettait du pain.

» Oui, viens, belle hirondelle,
» Tu n'as rien pour manger
» Et ta faim est cruelle,
» Viens ici te poser.
» N'est-ce pas, je devine ?
Je t'aime, calme-toi,
» Car ton sort me chagrine,
» Mange là près de moi.

» Je suis petit encore,
» Et sans craindre ma main,
» Repasse à chaque aurore,
» Tu trouveras du pain.
— Vers l'azur de la nue,
Hélas ! elle avait fui,
A peine il l'avait vue
Passer auprès de lui.

» Ah ! si j'avais une aile,
» Disait-il en pleurant,
» Je volerais comme elle
» Vers ce ciel bleu, maman,
» Pour venir sur la terre,
» Sur ton front me poser.
» Fais donc une prière,
» Maman, fais-moi voler.

» Volant comme une abeille
» Ou comme un papillon,
» Là-bas, près de la treille,
» Je ferais mon rayon.
— Et puis d'une voix tendre :
» Toujours je veux t'aimer,
» Bien vite, il faut m'apprendre,
» Maman, comment je dois voler. »

La mère avec tendresse,
Pour répondre à l'enfant,
N'avait qu'une caresse,
Qu'un soupir seulement.
— Et les feuilles tombèrent,
Les étés, les hivers,
Souvent se succédèrent
Avec leurs jours divers.

4

Les belles créatures,
Au retour du printemps,
Repassaient toujours pures.
Seule depuis longtemps,
Marthe, la pauvre mère,
Triste, levant ses yeux,
Dans sa douleur amère,
Regardait vers les cieux.

Elle y voyait son Ange,
Son Louis qui chantait
Un hymne de louange,
Et son cœur l'écoutait.
Il avait pris une aile,
Se laissant emporter,
Vers la voûte éternelle,
Il avait su voler.

15 décembre 1868.

A MON ALBUM.

O livre précieux, j'admire ta richesse,
Ta couverture pourpre et tes agrafes d'or.
Je préfère pourtant avec plus de sagesse
Tes feuillets variés à tout ce beau décor.
Ils cachent des secrets, de bien douces images,
Des souvenirs de deuil, mais que j'aime à revoir.
Album, tu m'es si cher, qu'en parcourant tes pages
Je ne lis que trois mots : Amour, Regrets, Espoir.

21 décembre 1868.

A Mgr MARTIAL-MARIE TESTAR DU COSQUER,

ARCHEVÊQUE DE PORT-AU-PRINCE,

Mort en exil deux mois après.

Emportés sans retour sur la Fragilité
Que caresse la brise ou qu'assaille l'orage,
Sans trêve nous voguons vers le sombre rivage
De notre éternité.

Nous glissons dans la vie : Et qu'est une journée,
Un an, un siècle même? un rêve qui s'enfuit.
Dès l'aurore en effet nous touchons à la nuit
    Et notre heure est sonnée.

Suivrez-vous, Monseigneur, cet an qui va s'ouvrir,
Verrez-vous un autre an commencer sa carrière?
Mon cœur veut l'espérer. Vivez encor dans la prière,
    Vos fruits doivent mûrir.

Toujours calme et serein, videz l'amer calice,
Rayonnant de vertus, tout abreuvé de fiel,
Vous serez enivré de bonheur dans le ciel,
    Prix du long sacrifice.

Mais puissiez-vous bientôt, en attendant ce jour,
Puissiez-vous, Monseigneur, jeter l'ancre au rivage
De ce bien-aimé PORT où gronde encor l'orage,
    Mais où vit votre amour.

Au sein de vos enfants où votre soupir vole,
Retournez, tendre père. Agréez tous les vœux
Qu'un cœur reconnaissant pour vous adresse aux cieux
    Et qu'un espoir console.

                                30 décembre 1868.

A mon oncle L. S. DE GALEZ.

L'HEUREUX PÈRE

ou

LE BONHEUR DES CHAMPS

(IDYLLE).

> Beatus es et bène tibi erit...
> Filii tui sicut novellæ olivarum in circuitu mensæ tuæ.
> Ecce sic benedicetur homo qui timet Dominum.
>   PSAL. : 126.

L'ombre s'étend déjà dans la campagne,
Bien fatigué, le laboureur regagne,
Avec ses bœufs et le cœur tout content,
Son doux foyer où le repos l'attend.

Le tintement de la cloche pieuse
Se mêle au chant de l'oiseau sur l'yeuse,
Le pâtre au loin siffle son gai refrain
Et le ciel bleu se borde de carmin.

Puisque mon âme est encor oppressée,
Ah ! vole, vole, ô ma douce pensée,
Aux pieds fleuris de ces riants coteaux,
Où la paix règne, où tous les jours sont beaux.

. . . .

Au bord du grand chemin qui conduit à la ville,
Que j'aime à te revoir, ô toit mystérieux,
Tabernacle d'amour que fécondent les cieux,
      De la vertu charmant asile !

Salut, ô frais jardin qu'ignorent les frimas,
Que le bon Dieu bénit des voûtes éternelles,
Qui vois naître et grandir des fleurs toujours nouvelles,
      Que le printemps ne quitte pas !

Je ne puis comprimer le trouble qui m'agite,
L'émotion me gagne et tout impatient,
Me voici sur ton seuil où je vole souvent :
      Que je le franchisse bien vite !

Que je contemple enfin, enivré de bonheur,
Ce berceau sur lequel est penchée une mère,
Tous ces fronts innocents et ce bien-aimé père
      Dont le nom seul remplit mon cœur.

C'est l'heure du repas, car la troupe candide
A la table groupée offre un si gai tableau.
L'amour retient encor la mère au cher berceau,
      Puisque sa place reste vide.

Père chéri, dis-moi, quand, assis avec eux,
Tes fils pour toi formant une blonde auréole,
Ton cœur a retenti de la douce parole,
    « Papa », dis-moi, s'il est heureux ?

Sur six bouches de miel qu'effleure le sourire,
Fixant ton doux regard, tu goûtes de l'amour.
Que cet amour est pur ! Il grandit chaque jour,
    Tu jouis sans oser le dire.

Ton front s'épanouit quand ces joyeuses voix
De leurs propos naïfs assaillent tes oreilles,
Que tu ne peux répondre à ces bouches vermeilles
    Qui parlent toutes à la fois.

Mais le sommeil bientôt s'abat sur leur paupière.
Alors à ton signal ils se prosternent tous,
Et leurs mains dans tes mains, à tes pieds à genoux,
    Ils envoient au ciel leur prière.

Quand elle est achevée, il faut un doux baiser
Pour ces blonds chérubins si remplis de tendresse,
Et comme sur un lis un essaim qui se presse
    Je les vois sur toi se poser.

Sous ces fronts innocents je t'aime davantage,

Car je te vois ployer sous ton sang généreux
Tel qu'en été se ploie un rameau vigoureux
       Chargé de fruits et de feuillage.

Approche du berceau, le bel ange sourit ;
De son regard qui cherche et de son gai murmure
Il t'appelle et tu sais ce que sa voix si pure
       Alors en gazouillant te dit.

Tout sommeille et repose, ô père, et ces délices
Te viennent du bon Dieu que tu sers chaque jour,
Car le bonheur réside au sein de cet amour
       Qu'épurent tous tes sacrifices.

Sous la voûte d'azur tout est silencieux,
Va prendre du repos, l'astre dans la nuit brille
Pour féconder tes champs et bénir ta famille,
       Qu'un songe d'or ferme tes yeux.

                       7 janvier 1869.

SUPER FLUMINA BABYLONIS.

Psaume 136.

(ODE SACRÉE.)

Enfants déshérités qu'un Dieu juste abandonne,
 Loin de nos champs fleuris,
Au bord triste des eaux qui baignent Babylone,
 Nous nous sommes assis.

Et là, chargés de fers, pleurant sur les misères
 De notre nation,
Nous avons exhalé des plaintes bien amères
 En pensant à Sion.

Comme nous dans le deuil sur cette terre ingrate, ·
 Nos sacrés instruments
Pendus aux saules verts des rives de l'Euphrate
 Ne rendaient plus d'accents.

Roidis par la douleur, autrefois bien agiles,
 Nos doigts restaient oisifs,
Et le front dans nos mains désormais inhabiles,
 Nous soupirions pensifs.

Mais nos lâches tyrans, malgré notre esclavage,
  Insultant à nos pleurs :
« Chantez, nous disaient-ils de leur clameur sauvage,
  « Rendez-nous des honneurs ;

« Entonnez de Sion vos hymnes, vos cantiques
  « Comme pour votre Dieu ;
« Juifs, faites résonner ces accords magnifiques
  « Tant vantés en tout lieu. »

Helas ! comment chanter sur nos saintes cithares
  Une hymne du Seigneur
Sous un ciel étranger à des peuples barbares
  Qui font notre malheur.....

Il faudrait oublier des jours de notre gloire
  Les mystères sacrés.
Exilés, nous avons présents à la mémoire
  Nos coteaux adorés.

O toi, Jérusalem, si jamais je t'oublie
  Pour mêler à mon chant
Les accords de mon luth, que ma main déroidie
  Se sèche au même instant ;

Que ma langue profane au palais attachée

Ne souille plus ton nom,
Si tu n'as de mon cœur la plus douce pensée,
O très chère Sion !

Des cruels fils d'Edon, ah ! dans votre justice
Souvenez-vous, Seigneur,
Au sombre jour de deuil de notre sacrifice
Ils riaient de bonheur.

Vainqueurs, s'écriaient-ils, exterminez leur race,
Egorgez leurs enfants,
Renversez leur cité sans qu'il reste une trace
De tous ses fondements.

L'anathème est porté, crains, Babylone impie,
Malheur, malheur à toi.
Heureux qui te rendra les maux de notre vie
En t'imposant sa loi.

Heureux trois fois, ô terre inhospitalière,
Celui qui doit venir
Prendre tes petits-fils, les broyer sous la pierre,
Dieu saura le bénir.

10 janvier 1869.

A la mémoire de mon oncle, l'abbé J.-B. DUPUY.

LE PRÈTRE.

Transit benefaciendo.

Vous avez discerné du reste des vivants
Cet homme aux longs cheveux blanchis par les vieux ans,
Qui va seul, à pas lents, plongé dans la lecture,
Son regard trahissant son âme sainte et pure :
A son habit de deuil qui tombe sur ses pieds,
Votre cœur le devine, et vous reconnaissez
A ce maintien modeste un curé de village.
J'aime à voir ce vieillard, les yeux sur une page,
Quand il frappe son cœur et se signe tout bas.
Mais suivons un moment cet homme pas à pas.

Au pied d'un crucifix, à genoux sur la pierre,
Je le retrouve encor plongé dans la prière
Exhalant en soupirs, mais en soupirs pieux
Son cœur tout embrasé qui ne vit plus qu'aux cieux.
Le temple est ici-bas sa maison, sa patrie ;
Le monde est son domaine et c'est pour lui qu'il prie.
Bon pasteur, comme un père il consacre ses jours
A son troupeau chéri, le défendant toujours

Quand le loup ravisseur promène ses ravages.
Le guidant sûrement dans les gras pâturages.
Sa bonté prend l'enfant aux langes du berceau,
Pour ne plus le quitter jusqu'au seuil du tombeau.
Quand l'eau sainte a lavé son front de sa souillure,
Il s'empare de l'ange à l'âme blanche et pure
Et lui montrant le ciel comme un lieu de bonheur,
Il grave le doux nom du bon Dieu dans son cœur.
L'enfant, à son école, en se montrant docile,
Apprend en grandissant la loi de l'Evangile.
Mais quand les passions viendront jeter soudain
Le trouble dans votre âme, ah ! tendez-lui la main,
Enfants, confiez-vous à sa mission sainte,
Car sa vertu saura dissiper votre crainte.
Ecoutez ses conseils, entendez ses avis.
Dieu toujours a béni ceux qui les ont suivis.

Voici l'homme de bien lentement qui s'avance
Vers un angle du temple, au milieu du silence,
Où de pauvres pécheurs, esclaves du démon,
Le front triste et pensif attendent leur pardon.
A côté d'une grille il a déjà pris place ;
Avec le pénitent il échange à voix basse,
Contre un récit honteux de crimes, de forfaits,
Des mots encourageants qui ramènent la paix.

Quand il étend sa main en signe de puissance,
C'est pour bénir en père et porter la sentence ;
Il profère trois mots, oh ! l'arrêt solennel !
Et d'un fils de l'enfer il fait un fils du ciel.
Si l'offense est pour Dieu, ce n'est pas la personne
De ce Dieu qui pardonne. Oh ! quel homme pardonne
Au pécheur confiant qui dévoile son cœur ?
— Un homme, hélas ! bien faible et comme lui pécheur.
O charité touchante, ineffable mystère !
D'où te vient ta puissance, homme au saint ministère ?
Prêtre, ton nom sacré je le dis à genoux,
Puisque en parlant en Dieu ce Dieu n'est pas jaloux.

Quittons ce tribunal de justice divine,
Où le sublime orgueil avec effroi s'incline,
Où le faible prend force, où l'humble se complaît,
Où l'homme ordonne, où Dieu ratifie et se tait.
A l'autel trois fois saint suivons encor le prêtre,
A sa voix, Dieu, du ciel va descendre et paraître
Au milieu des mortels. Je ne puis cette fois
Qu'admirer et que croire et ma bouche est sans voix.
Quoi ! le prêtre à l'autel opérant ce miracle.....
Fut-il jamais au monde un plus frappant spectacle ?
Il commande et soudain, à sa voix, l'Eternel,
Dans sa gloire voilée, apparaît sur l'autel,

Et la terre aussitôt sur ce nouveau calvaire
Adore Jéhovah dans l'auguste mystère.
Satan tremble et frémit à cet instant fatal
Et porte la terreur dans l'abîme infernal,
Tandis que les élus tressaillent d'allégresse,
Entonnent l'hosanna. Le ciel dans sa largesse
Conjure l'ouragan menaçant les pécheurs
Et tempère soudain les feux expiateurs.

Est-ce un homme qui tient un Dieu qu'au ciel on nomme
Avec frémissement? Quel homme que cet homme!
Quel homme que le prêtre, et ses mains, quelles mains!
Elles portent un Dieu, pour nous, pauvres humains.
O prodige sans nom! ô merveille, ô miracle!
Prêtre, oh que je t'aime au pied du tabernacle!
Il faudrait les accents et la voix des élus
Pour redire ici-bas ta gloire et tes vertus!

L'honneur qui t'embellit est envié des anges,
Tu produis chaque jour ton Dieu, puis tu le manges.
O secret insondable, ô mystère divin,
Un homme a des honneurs qu'envie un séraphin!
Il commande à Satan, il commande à Dieu-même :
Son front semble paré comme d'un diadème;
Mieux que les souverains il l'a reçu du ciel.
Le Christ l'a sacré roi d'un décret éternel.

Pour exercer ces droits il a reçu ce monde,
Océan orageux où la tempête gronde.
Pour lutter chaque jour il n'a que le pardon,
Mais combattant pour Dieu, des méchants que craint-on ?

25 janvier 1869.

LE SÉMINAIRE.

STANCES

QUI ONT REMPORTÉ UNE MÉDAILLE DE BRONZE-OR AU CONCOURS
DE L'ACADÉMIE POÉTIQUE DE FRANCE

(Année 1878).

« A l'ombre de ce toit qu'on nomme séminaire,
» Portique de l'autel, jardin de la prière,
» Si tu pouvais, enfant, te reposer un jour,
» Si tu pouvais, hélas ! sans plus d'inquiétude,
» Murmurer au Seigneur, dans cette solitude,
        » L'hymne de ton amour !.....

» Si tu pouvais, enfin, achevant là ta course,
» Désaltérer ton âme à l'eau de cette source
» Qui jaillit vers le Ciel, que tu serais heureux ! »
— Ainsi je soupirais ? La terre décevante
Jamais n'aurait calmé mon ardeur dévorante ;
    Mais Dieu comble mes vœux.

Fortunés habitants de l'enceinte pieuse,
Je m'explique, aujourd'hui, ma soif mystérieuse
De ce rare trésor qu'on nomme Vérité ;
Je comprends les secrets que nourrissait mon âme,
Et, comme vous, je sens la douceur de la flamme
    Qui fait la sainteté.

Comme vous, à Dieu seul donnant ma confiance,
Mon œil, timide encor et plein de méfiance,
A soupçonné le monde et ses dehors de miel ;
Comme vous, dans le fond de sa coupe fleurie,
J'ai senti, pour le cœur, l'amertume et la lie
    D'un breuvage de fiel.

En vain, autour de nous, une foule en délire
S'agite bruyamment, se tourmente et soupire
Au sein des voluptés, des jeux et des plaisirs !
Envieuse, elle rêve honneurs, richesse, gloire ;
Elle poursuit toujours son fantôme illusoire :
    Tout trahi ses désirs.

Non, rien ne sait calmer la soif qui la dévore !
Elle cherche sans cesse, elle poursuit encore
Cette ombre, cet appât qu'elle nomme bonheur.
Mais nous, sainte milice, enfants du séminaire,
Nous rencontrons, au sein du calme et du mystère,
La douce paix du cœur.

Le bonheur, il n'est pas dans un plaisir qui passe ;
Il est dans les vertus dont nous suivons la trace :
Il est sur le chemin qui mène droit au ciel.
Par des liens d'amour, ah ! consumons notre âme ;
Brûlons, ministres saints, comme la pure flamme
Qui brille sur l'autel !

Loin des faux bruits du monde, aimons la vie austère ;
Sans trêve, cultivons l'étude et la prière :
L'aurore des labeurs ne brille pas encor...
Mais quand viendra ce jour, cohorte infatigable,
Courons vite porter, au monde misérable,
Notre riche trésor.

Et si ce monde ingrat, dans sa noire malice,
Méconnaissant nos dons et notre sacrifice,
Se rit de nos vertus, nous dédaigne aujourd'hui,
Pitié pour son dédain, pardonnons à sa rage,
Et prions le Seigneur qu'il détourne l'orage
Prêt à fondre sur lui.

Prions, enfants bénis, prions pour notre Père,
Ce dernier anneau d'or de la chaîne de Pierre,
Ce pilote si doux que ballottent les vents!
Prions, prions encore, et sa chère nacelle
Voguera sur les flots, à jamais immortelle
   Malgré les ouragans.

Garde du Saint des Saints, famille généreuse,
De nos titres d'honneur montrons-nous orgueilleuse!
Il fait si bon grandir à l'ombre du saint lieu!
Suivons l'élan pieux de l'amour qui nous presse,
Et voyons, sans regrets, notre belle jeunesse
   S'écouler près de Dieu.

Un jour, ce jour est proche, athlètes charitables!
La mort moissonnera nos lauriers inombrables,
Et les bardes du ciel nous chanteront en chœur.
Pour prix de nos travaux, pour prix de notre zèle,
Le Christ déposera la couronne immortelle
   Sur notre front vainqueur...

14 février 1869.

A ma sœur A.....

LE SECRET

(ÉLÉGIE).

O toi qui sais si bien par d'abondantes larmes
Tempérer l'amertume et calmer la douleur ;
Qui sais verser du baume au cœur rempli d'alarmes,
Qui ne trouves qu'en Dieu du bonheur et des charmes,
A toi, ma bonne sœur, mes soupirs et mon cœur.

Il m'en souvient encor, quand je souffrais naguère,
Quand ton œil observant mon regard trop distrait,
Et mon front tout rempli d'une pensée amère,
Ta voix me dit ces mots : « Homme au sombre mystère,
Quel trouble noir t'agite, oh ! dis-moi ton secret ? »

Tu voulais amortir les tisons et la flamme,
Qui sans le consumer martyrisaient mon cœur ;
Tu voulais alléger le lourd poids de mon âme,
Mais je te connaissais, je te savais trop femme,
Aussi je gardai seul ma peine et ma douleur.

Je te savais trop bonne et trop compatissante
Pour t'offrir une part d'un breuvage de fiel
Qui n'aurait pas suffi pour te rendre contente,
Et cette coupe, hélas ! ta lèvre impatiente
D'un trait l'aurait vidée en la trouvant de miel.

Merci, ma tendre sœur, de ta sollicitude,
De tes attentions, de tes avis pieux.
D'abord rassure-toi, chasse l'inquiétude :
Les flots sont apaisés, la prière et l'étude
Ont ramené le calme en dévoilant mes yeux.

Un secret moins amer j'aurais su te le dire,
Tu partageas toujours ma joie et ma douleur,
Et tu l'as oublié. Désormais sans sourire,
Tu sembles aujourd'hui me haïr, me maudire,
Tandis que ta bonté me fait croître en ton cœur.

J'ai dévoré ma peine avec calme, héroïsme,
J'ai tout gardé pour moi, parce que je t'aimais.
Ne va donc plus traiter mon amour d'égoïsme,
Il faut te souvenir que mon âme est un prisme
Que l'infidélité ne ternira jamais.

25 février 1869.

A ma cousine I. M., religieuse.

(STANCES.)

> Melior est dies una in atriis Domini
> Super millia.
> PSAL. 83.

Le Seigneur admira la grâce sans souillure
De l'homme son ami qu'il venait de former,
Car c'était un chef-d'œuvre à l'âme sainte et pure.
Dieu sacra l'homme roi de toute la nature
En lui donnant un cœur tout d'abord pour l'aimer.

Présent bien précieux de son amour immense :
Ce cœur devrait pour lui palpiter nuit et jour.
Hélas ! ennui souvent, parfois indifférence,
Egoïsme toujours, voilà la récompense
Que ce cœur trop ingrat réserve à son amour.

L'homme de l'univers le plus parfait ouvrage
Que forma de ses mains le puissant créateur ;
L'homme d'un Dieu parfait la plus fidèle image,
Ce roi de la pensée, il oublie, il outrage,
Pour adorer le mal, son souverain Seigneur.

Présomption aveugle et trop funeste audace
Que ce Dieu bon pourtant un jour saura punir.
Des prétendus heureux on veut suivre la trace ;
On recherche ici-bas le bonheur quand tout passe,
Sans songer à la mort qu'au moment de mourir.

Les heureux, je les trouve au cloître, au monastère.
Si leur coupe est amère et n'offre que du fiel,
Leur vie est une lutte, une hymne, une prière,
Un pur soupir d'amour, une flamme légère,
Un parfum pour le monde, un trésor pour le ciel.

Ah ! que ton choix est beau, laisse-moi te le dire !
Qu'ils sont doux les moments qu'on passe auprès de Dieu !
Le monde délirant autour de toi soupire,
Insensé ! — Chère Irène, oh ! laisse-le sourire
Et coule ta jeunesse à l'ombre du saint lieu.

17 mars 1869.

ÉCHO D'UNE PRISON

(ODE COURONNÉE).

J'aime l'hiver, mais quand la neige tombe,
Quand près de moi tout s'attriste et tout dort ;
Quand le corbeau remplaçant la colombe,
Les blancs frimas portent partout la mort.
J'aime l'hiver, oui, quand la neige tombe.

J'aime le vent qui gémit dans les bois,
Quand à l'entour la nature sommeille,
Quand l'aquilon de sa vibrante voix,
Pleure, mugit et siffle à mon oreille.
En inclinant la cime des grands bois.

J'aime l'orfraie, amant de la nuit sombre,
Ce compagnon ennemi du beau jour,
Quand il répand ses cris rauques dans l'ombre,
Quand sous ce toit il chante son amour.
J'aime sa voix au sein de ma nuit sombre.

En ce réduit humide et ténébreux,
Taudis infect dénué de lumière,

Un spectre froid frôle nos blancs cheveux
Quand le sommeil alourdit ma paupière.
Et je frémis dans ces lieux ténébreux.

Dans mes longs jours de tristesse je pleure.
Seul, toujours seul, dans la nuit, oh ! j'ai peur.
Mais quand parfois dans ma noire demeure
Je vois blanchir une pâle lueur,
Je bénis Dieu, je tressaille et je pleure.

Je fixe alors sur moi mes yeux hagards :
Jusqu'à mon front je soulève avec peine
Pour ramasser mes longs cheveux épars,
Ma main osseuse et ma trop lourde chaîne.
Les pleurs toujours voilent mes yeux hagards.

Vingt ans captif, privé de tout sourire,
J'ai teint mes fers de mes froides sueurs.
Pas une voix, sinon pour me maudire,
Pas une main pour essuyer mes pleurs.
Infortuné ! j'aimais tant le sourire...

J'entends parfois grincer les lourds verrous :
Un homme sombre, à sinistre figure,
Silencieux, sur mes tremblants genoux
Vient me jeter un peu de nourriture
Et puis referme à l'instant les verrous.

En effleurant ma grille une hirondelle
Vient retrouver son nid tous les printemps,
Et je la vois. Ah ! si j'avais son aile,
Pauvre captif ! Je compte mes vieux ans
Lorsque j'entends gazouiller l'hirondelle.

Hors de ces murs tout parle liberté.
Ce mot sacré rallume mon visage ;
Je le relève encor avec fierté
Et je retrouve un reste de courage
Pour prononcer ce mot de liberté !

Vienne la mort, je me sens toujours libre,
J'espère en Dieu, dans son amour j'ai foi.
Si tout mon corps pleure dans chaque fibre
Sa liberté, ce corps, ce n'est pas moi,
Car malgré tout mon cœur demeure libre.

8 avril 1869.

A mon oncle L. S. DE GALEZ.

RONDEAU.

Galez, je t'aime tant ! le dire est un détail ;
Pour bien le démontrer, et c'est là le travail,
Il me faut treize vers, huit en AIL, cinq en ICE,
Beaucoup trop, car c'est mettre une muse au supplice.
Il serait plus aisé, sur le banc du portail,
Ayant à mes côtés, groupés en éventail,
Tes fils, charmantes fleurs dont j'adore l'émail,
De m'écrier cent fois sans aucun artifice :
        « Galez, je t'aime tant ! »
Puisque tu sais mon cœur moins dur que le corail,
Pourquoi lui réclamer un si fade attirail ?
Que le ciel chaque jour te garde et te bénisse,
Et tandis qu'à tout prix il faut qu'on te chérisse,
Il m'est pénible, hélas ! de te redire en ail :
        « Galez, je t'aime tant ! »

12 août 1869.

A mon oncle L. S. DE GALEZ.

RÉSIGNATION ET SOUVENIR

(ÉLÉGIE).

Pourquoi, triste exilé, si loin de mes montagnes,
De ces coteaux chéris, de ces belles campagnes
      Que je foulais naguère encor,
Au sein de mes regrets, dans un brûlant délire,
Tenter de renouer les cordes de ma lyre
      Pour en tirer un sombre accord?

Tandis que sous les coups de la crainte et du doute,
J'observe avec effroi la longueur de ma route,
      Mon esprit pourrait-il rêver?
Les heures de tourment seraient-elles passées
Et mes lèvres encor par la douleur glacées,
      S'ouvriraient-elles pour chanter?

Non, non, il faut du calme à la vague inquiète;

Mais s'il faut que ma bouche aujourd'hui soit muette,
Murmure, toi, voix de mon cœur,
Oui, murmure tout bas, douce, molle et plaintive,
Par le cher souvenir, à ma peine trop vive
Viens apporter quelque douceur.

Par toi, dans mon ennui je puis encore vivre.
Je suis un vert rameau défeuillé par le givre
Et je languis n'ayant plus rien.
Si j'eusse à mes côtés un ami sympathique,
Je ferais de son cœur l'urne mélancolique
Où je déverserais le mien.

Hélas! je me vois seul, seul avec ma souffrance;
Le monde autour de moi n'est qu'un désert immense.
Je cherche et je ne trouve pas
Cet ami que j'avais et qu'aujourd'hui je pleure.
Qui m'a donc arraché de sa douce demeure,
De sa demeure et de ses bras?

Si je l'avais ici dans cette maison sainte,
Je goûterais heureux l'ombre de son enceinte
Et ne voudrais jamais la fuir :
Mais je le sais ailleurs au sein de sa famille ;
Aussi, malgré ce parc et sa verte charmille,
Mon cœur ne cesse de languir.

Il voudrait, affranchi de sa douleur profonde,
Déjouer un instant la rage furibonde
   Du sort cruel qui le poursuit.
Hélas ! à tout instant dans un nouvel abîme
Il tombe, encor retombe, immortelle victime,
   N'ayant de repos que la nuit.

Ils ne sont plus ces jours de douceurs enivrantes,
De moments fortunés, d'heures si délirantes
   Qu'il savourait au frais vallon.
Qui donc a pu vider la coupe de délices
Où naguère il puisait au gré de ses caprices,
   Aux jours de la verte saison ?

Comme un torrent qui coule au roc laissant l'écume,
De même, ô temps, fuis, passe, oubliant l'amertume
   Sur le seuil de mon avenir,
Mais laisse-moi revoir mon vallon plein de charmes,
Non des yeux cette fois, ils sont voilés de larmes,
   Mais à travers le souvenir.

De loin je vous salue, ô grisâtre fenêtre,
Murs brunis par les ans, toit antique et champêtre,
   Vous arbres touffus du jardin.
Mon âme à votre aspect redevient si sereine !
Salut, cher possesseur et roi de ce domaine,
   Salut aussi, folâtre essaim.

Laissez, laissez mon cœur, qu'un sombre ennui dévore,
Rêver à vos côtés et respirer encore
　　　Les doux parfums de votre amour :
Ah ! qu'il rôde à travers les champs de la vallée,
Et puisse ma pensée, en errant isolée,
　　　Revoir les sentiers d'alentour !

Au gai réveil d'avril, de la fraîche verdure,
Un jour, champs, prés, bosquets, chantres de la nature,
　　　Vous souvient-il nous étions deux !
Mes pieds foulaient tremblants les traces de mon guide
Que mon œil contemplait d'un regard si timide.
　　　Avec lui que j'étais heureux !

Tronc noueux sur lequel le soir nous nous assîmes,
Chênes qui nous prêtiez l'ombrage de vos cimes,
　　　Ruisseau qui murmurais si doux ;
Insectes qui rôdiez, vous, humbles violettes
Qui nous vîtes alors, de mes douceurs secrètes,
　　　Vous du moins vous souvenez-vous ?

Fatigué de sa course, ô souvenances chères,
Alors que le sommeil en fermant ses paupières
　　　Lui fît pencher son front soudain,
Mon bras soutint son bras et d'une molle étreinte,
Je le pressai longtemps pour conserver l'empreinte
　　　Et de son bras et de sa main.

Ces rapides plaisirs qui m'effleuraient à peine,
Inondaient de bonheur mon âme déjà pleine.
Que sont devenus ces beaux jours?
Voiture, table, banc, me gardez-vous la place
Auprès de mon ami? Que Dieu jamais me fasse
Que je sois absent pour toujours.

Prés fleuris, champs, coteaux, vignes, sentiers rapides,
Peupliers du chemin, bosquets, ruisseaux limpides,
Secrets témoins de mes jours d'or;
Tabernacle d'amour, saint foyer d'innocence,
De mon bonheur passé, gardez dans mon absence,
Gardez le souvenir encor.

5 novembre 1869.

A ma sœur A.....

SUR UN BERCEAU

ou

MARIE L'ORPHELINE

(IDYLE).

I

Tout rêve, tout sommeille
Dans les bras de la nuit,
Et seule encor je veille
A l'heure de minuit.
Une frêle existence
Dort, respire en cadence,
Et j'écoute en silence
Son harmonieux bruit.

La chanson molle et pure
Du plaintif passereau
Se mêle au doux murmure
De l'ange du berceau.

6

Dans la voûte qui brille,
L'astre errant qui scintille
Pâlit l'enfant gentille
A travers le rideau.

Et tremblante et timide,
Je m'approche, ô bonheur !
Du chérubin candide
Qu'effleure la lueur.
Un bras pend de sa couche,
Je l'observe, le touche,
Je le porte à ma bouche,
Puis le mouille d'un pleur.

Son cou vers moi se penche :
Sa soyeuse toison
Retombe fine et blanche
En anneaux sur son front.
Semblable à l'hirondelle
Qui repose sous l'aile,
Il cache sa prunelle
Sous ce nuage blond.

Sa bouche demi-close
A l'odeur, le carmin
Du frais bouton de rose
Qu'entr'ouvre le matin.

Et d'amour je soupire :
A travers son sourire
Je reçois et j'aspire
Un parfum tout divin.

Je sens de douces larmes
S'échapper de mes yeux,
Et malgré mille alarmes
Mon cœur se trouve heureux.
Dans ma mélancolie
Je suis comme éblouie,
Mon âme presque oublie
Et la terre et les cieux.

II

Sur sa tige superbe
La fleur languit et dort,
Et sous l'humble brin d'herbe
L'insecte luit encor :
Dans ta molle couchette
Dors, dors, ô ma fauvette,
Un ange sur ta tête
Etend ses ailes d'or.

Son œil plein de tendresse
T'observe avec douceur ;

Une vague tristesse
Le tient toujours rèveur.
Parfois dans son délire,
Il te donne un sourire
Dès que ton sein soupire
De joie ou de douleur.

Je le vois, il me semble
Qu'il te tend une main,
Sous son aile qui tremble
Dors, dors jusqu'à demain.
Cet ami tutélaire
Qui te veille en prière,
On l'appelle sur terre
L'ange de l'orphelin.

C'est ton ange, ô Marie,
Ta mère au pur amour,
Chaque nuit elle prie
Et veille tour à tour.
Elle s'en va chagrine,
O ma blonde orpheline,
Dès qu'au loin la colline
Blanchit des feux du jour.

Tu gazouillas naïve
Quand ton regard la vit,

Mais à ta voix plaintive
La mort vint et la prit.
Telle une main cruelle
Ravit la tourterelle
Que sa famille appelle
Près des bords de son nid.

Sans la connaître encore
Tu lui fis tes adieux ;
Elle te fit éclore,
Tu lui fermes les yeux.
O douloureux mystère,
Et cette tendre mère
Qui te mit sur la terre,
Tu l'envoyas aux cieux.

Dans ton rêve, ô Marie,
Dis, vois-tu maintenant
Ce bon ange qui prie
Et la main qu'il te tend ?
Voudrais-tu sous son aile,
Loin de moi blanche et belle,
Aller vivre immortelle
Dans ce bleu firmament ?

Je t'ai voué ma vie
Et t'aimer c'est ma loi,

Seul trésor que j'envie,
Oh ! reste près de moi,
Où mon âme isolée,
Par ta mort désolée,
S'en ira consolée
Vers le ciel après toi.

15 décembre 1869.

LE ROSIER

(RONDEAU).

Tes parfums embaumés sont doux comme l'aurore,
Et tes attraits plus beaux que son rayon qui dore.
Que tu dois réjouir l'aimable jardinier
Qui t'arrose au matin, qui te veille, t'adore,
Quand il voit dans les bras qu'il a su te plier,
Mille boutons naissants que le carmin colore !
Brille, brille pour lui, trop gracieux ROSIER,
Et fais-lui savourer longtemps, longtemps encore
        Tes parfums embaumés.
Pour toi le ciel est pur et la bise t'ignore :
Tu nargues fièrement les frimas de janvier.
Charme au vallon toujours celui qui te décore,
Mais laisse-moi goûter, ô Rosier printanier,
Sur la première fleur que tu feras éclore
        Tes parfums embaumés.

1ᵉʳ janvier 1870.

APOLLONIE

(ÉLÉGIE).

Sicut flos campi.

On la trouvait si bonne, hélas! et puis si belle
    Avec sa grâce de quinze ans !
La candeur, l'innocence étaient encore en elle
    Comme aux jours du premier printemps.

Jeunesse, bien trompeur, beauté, don éphémère,
    En un moment tout a passé,
Car elle a fui soudain de dessus cette terre,
    Sa vie au ciel a commencé.

Elle s'est endormie au matin de son âge
    Pleine de suaves senteurs,
Comme une fleur de mai qui tombe sous l'orage,
    Parfumant l'air de ses odeurs.

Son front paré de lis languissamment repose
    Encor sur le blanc oreiller.
Ses bras sont enlacés, sa bouche est demi-close
    Et ses yeux semblent sommeiller.

Un essaim virginal au lever de l'aurore,
　　Demain sans craindre son réveil,
Ira la déposer pendant le glas sonore
　　Au lit de l'éternel sommeil.

Ses amis maintenant remplissent sa demeure
　　De leurs plaintifs gémissements,
Et l'airain lentement dans le temple la pleure
　　De ses lugubres tintements.

Elle rêvait heureuse aux joyaux du dimanche,
　　— Rêve naïf, si doux, si beau —
Hélas! rêves, bijoux, même sa robe blanche,
　　Tout la suivra dans le tombeau.

Le monde au souffle impur qui ternit et qui souille
　　N'a pu faner son jeune cœur,
Et son âme en quittant la mortelle dépouille
　　A pris son vol vers le Seigneur.

　　　　　　　　　　　　　18 janvier 1870.

A SAINT THOMAS D'AQUIN

(SONNET).

Grand saint, j'aime ce lis qui dans tes mains rayonne
Et que ne put ternir un monde corrupteur.
Il charme dans le ciel tout ce qui l'environne
Par son éclat si pur, par sa suave odeur.

L'ange pour te louer s'incline sur son trône,
Tu règnes dans la gloire au sein du vrai bonheur,
Et ton front resplendit de la triple couronne
De Héros de la Foi, de Vierge et de Docteur.

Quand tu brilles toujours, ô lumière féconde,
Comme un phare divin pour éclairer le monde
        Qui t'admire en restant muet,

J'ai la témérité, malgré mon impuissance,
De chanter tes vertus, ta gloire et ta science
        Dans la mesure d'un sonnet.

7 mars 1870.

IMPROVISATION.

Tout semble s'abîmer en une paix profonde :
Un voile de mystère enveloppe le monde,
La nature s'attriste et mon âme se tait.
Le ciel s'est assombri. Tremblant je le contemple
   Et l'airain dans le temple,
Partageant mon émoi, reste en ce jour muet.

Comme un écho lointain, en remontant les âges,
Mon oreille n'entend qu'insultes et qu'outrages,
Partout des cris de mort et de sédition.
D'un regard scrutateur, j'observe, insatiable,
   Le lugubre spectacle
Qui se déroule au loin sur le mont de Sion.

       Vendredi saint 1870.

A Mme R. BAGET DE LABARTHE.

LOMNÉ

(SONNET).

Lomné, vaste manoir, sombre et vieille demeure
Que de fiers chevaliers égayaient autrefois,
Où la brise du soir siffle, gémit et pleure
Comme un être plaintif et dont j'aimais la voix.

Quand la tristesse vient ou que l'ennui m'effleure,
Je vole où j'ai souri pour la première fois.
Puisque mon cœur naquit dans ton sein, qu'il y meure,
Car je sais, ô Lomné, tout ce que je te dois.

Asile bien-aimé, délicieuse enceinte,
De tous mes jeunes pas, oh ! garde bien l'empreinte,
Toit, où je voudrais revenir.

Que ne puis-je prier sur la froide poussière
De celui qui depuis vingt ans dort sous la pierre,
Mais qui vit dans mon souvenir !

4 mai 1870.

PRIÈRE A LA SAINTE VIERGE.

O bonne Mère,
Veille sur nous,
Chacun espère
A tes genoux.
Bénis la France
Et ses soldats,
Que l'espérance
Guide leurs pas.

Notre sol est souillé par les hordes germaines,
Nos foyers sont déserts et plongés dans le deuil,
Arrête ces guerriers qui désolent nos plaines
Et que sous nos remparts ils trouvent leur cercueil.

Répands sur ton royaume, ô divine Marie,
Des regards attendris, répands tes doux bienfaits :
Fais briller dans le ciel, sur ma pauvre patrie,
Un astre qui pardonne et qui porte la paix.

19 novembre 1870.

A Mgr ANASTHASE PICHENOT,

Évêque de Tarbes

(SONNET SUR SES ARMOIRIES).

Tendre père, tu viens avec ton zèle immense
Apporter à tes fils l'aliment de leur cœur,
Le pain qui raffermit dans la persévérance,
Le vin qui rend joyeux au sein de la douleur.

Jette encor à ton champ la divine semence,
Plante des ceps nouveaux, fortuné laboureur,
L'âme languit toujours dans son insuffisance,
Elle a faim, elle a soif de ce bien, le bonheur.

La Vierge, ce croissant qui dans l'azur scintille,
Du ciel veille sur toi, pour bénir ta famille
Et donner la richesse à ta chère moisson.

Poursuis donc tes labeurs, le monde est misérable :
Tu trouveras toujours, ô père charitable,
Des travailleurs zélés, au moins à Garaison.

31 janvier 1871.

A mon oncle L. S. DE GALEZ.

LE POISSON DU BOCAL.

Si comme à toi la Providence
M'avait donné, gentil poisson,
Un petit coin dans la maison,
Que j'aimerais mon existence !
Calme, content, heureux toujours,
Je n'irais plus sans mât ni rame,
Sur mille écueils briser mon âme
Loin du vallon de mes amours.
Bien retiré dans ma retraite,
A l'ombre sainte du bonheur,
Je voilerais mon humble tête
Et je dévoilerais mon cœur.
Inspiré par un cher sourire,
Les soirs d'hiver je chanterais
Mes doux refrains, j'observerais

Ou j'écouterais sans rien dire.
Nul mortel plus heureux que moi,
Il me faudrait de plus qu'à toi,
Un regard tendre, ami, fidèle,
L'adieu du soir, puis un baiser.
O bonheur qu'un bocal recèle,
Beau rêve si doux à rêver,
A mon chevet viens te suspendre,
Je t'aime tant sans te comprendre !
Et toi fortuné possesseur
Du simple asile que j'envie,
Toi qui vis où vivrait ma vie,
Deviens à ton tour voyageur !
Qu'enfin ta liberté commence,
Gagne une mer sans horizon,
Mais lègue-moi dans ton absence
Ton petit coin dans la maison.

28 novembre 1871.

A mon oncle L. S. DE GALEZ.

SON PORTRAIT.

De ma tendre amitié, suave récompense,
Quel est ton nom, dis-moi? Serais-tu l'espérance?
Es-tu le souvenir ou l'oubli de mes maux?
M'apportes-tu du baume ou des soucis nouveaux?
Pour mon cœur inquiet qu'ici-bas tout désole,
Es-tu d'un bonheur vrai le gage et le symbole?
Si tu n'as pas pour lui de la félicité,
Calme du moins le flot de cette mer houleuse,
Et bien que tu ne sois que l'ombre vaporeuse
          D'une chère réalité,
Je t'aime, douce image, avec sincérité.

                                    8 décembre 1871.

POUR UN TABLEAU EN CHEVEUX.

Tableau béni, précieux reliquaire,
Trésor, enfin tu combles tous mes vœux.
Tu n'es pour pour moi qu'un amoureux mystère,
Mais je te tiens et tu me rends heureux.

                                    8 décembre 1871.

                                              7

A mon cousin P. S. DE GALEZ.

SI DIEU VOULAIT!

Si Dieu voulait faire d'une espérance,
D'un rêve d'or une réalité,
Enfant béni, sur ta frêle existence
Je déploierais l'aile de l'amitié,
Je veillerais, gardien de ton jeune âge,
Pour que tes jours fussent des jours heureux,
Car ma tendresse en toi verrait un gage,
Si Dieu voulait, Paul, exaucer mes vœux!

Si Dieu voulait, ange du presbytère,
Tu grandirais à l'ombre de l'autel,
Comme l'encens qui brûle au sanctuaire,
Ton cœur si pur monterait vers le ciel,
Peut-être un jour l'onction de la grâce
Te sacrerait ministre des saints lieux :
Alors l'ami te léguerait sa place,
Si Dieu voulait, Paul, exaucer mes vœux!

Si Dieu voulait je me ferais victime
De ton bonheur, de ta vie ici-bas.
Un jour d'oubli pour moi serait un crime,
Non, ma bonté ne se lasserait pas.
Déjà mon cœur en toi ne voit qu'un frère,
Pour notre amour n'ayant plus à nous deux
Qu'une famille et puis qu'un même père,
Si Dieu voulait, Paul, exaucer mes vœux !

12 mars 1872.

A mon ami EUGENIO DE UGLIONI,

MARQUIS DE CHAVANAGHIO.

De ce livre si précieux
Mon amitié vous fait hommage.
Le soir n'en lisez qu'une page
Et vous serez un jour heureux.
Ami, mon souvenir pieux
Réclame un souvenir pour gage,
Celui d'un cœur affectueux,
Mon cœur n'en veut pas davantage.

La Havane, 20 décembre 1872.

LIVRE SECOND

PROFILS ET SILHOUETTES

PROFILS ET SILHOUETTES.

CONSOLATION

(ÉLÉGIE).

Pourquoi si jeune encor au torrent de la vie
Ne livrer que des jours traînés dans la douleur?
Pourquoi martyrisé par le doute et l'envie
A la douce espérance ainsi fermer mon cœur?

Pourquoi voir tristement mon âme défaillante
Chaque jour se flétrir au souffle de la mort?
Elle pleure sa grâce et sa beauté riante,
Et dans son deuil profond péniblement s'endort.

Je ne vois plus en moi qu'un chaos de décombres
Que le monde jaloux amoncelle en mon cœur,
Mais peut-être qu'au fond de ces ruines sombres,
Peut-être brille-t-il un reste de lueur.

Qui sait, hélas! qui sait si la pâle étincelle
N'est pas le doux reflet de l'astre lumineux,
Que malgré les assauts de l'entrave charnelle
Mon esprit inquiet aperçoit dans les cieux?

Tu le veux donc, Seigneur, mon cœur qui t'abandonne,
Ce cœur traître et parjure, eh bien ! qu'il soit à toi.
Ta charité me dit : « Enfant, je te pardonne,
Je suis le pur amour, ne t'attache qu'à moi. »

Comme à la fleur des champs à mon âme épuisée
Pour lui rendre, ô mon Dieu, tout son éclat vermeil,
Ta grâce a fait pleuvoir la goutte de rosée
Et ton amour briller le rayon de soleil.

7 décembre 1874.

A mon excellent ami L. V. DE MOUR.

PANIER DE FRAISES.

Voici l'instant suprême, hélas! A cette aurore,
Il faut vous dire adieu, reines de mon jardin.
Gardez vos doux parfums, tout ce qui vous décore,
Un jour, un jour encor gardez votre carmin.
En ce monde où soudain tout ce qui brille passe,
Reconnaissez la main qui vous fit embellir :
Insensible à présent aux appas de la grâce,
Elle se penche, hélas! mais c'est pour vous cueillir.

Léoïs vous envoie, allez, belles princesses,
Offrir de tous vos dons la suave primeur.
Un ami vous attend pour goûter vos richesses,
Ici je reste seul. Emportez mes tendresses.
Si vous savez parler, dites-les à son cœur.

5 juin 1876.

A mon vieil ami d'Auvergne A. P.

LE FOU DE SAINT-FLOUR

Connaissez-vous aux bords de la Vézère,
    Près Montignat,
Cet étranger au minois pâle, austère,
    Cet Auvergnat,
Qui vit en France, heureux dans la campagne
    Du Val-au-Jou?
Quand le vent souffle à travers sa montagne,
    Il devient fou.

Pour le trouver, n'allez dans son village
    Qu'un vendredi,
Les autres jours il court le voisinage,
    Sonné midi,
Sur l'animal, un fils de la Limagne
    Ou du Poitou.
Si le vent souffle et vient de sa montagne,
    Il rentre fou.

Il garde au cœur le souvenir des gloires
    De son Pays,
Et sans tarir en conte les histoires
    A ses amis.
Le vieux mentor qui partout l'accompagne,
    C'est Fanfarou,
Mais s'il entend le vent de sa montagne
    On le voit fou.

De son Pays si vous parlez peut-être
    Ou de Saint-Flour,
Sous sa paupière alors on voit paraître
    Un pleur d'amour.
Et puis son cœur, qu'un trop sombre ennui gagne,
    Entend : « Hou ! hou ! »
Ce bruit que fait le vent de sa montagne
    Le rend trop fou.

Pourquoi faut-il qu'il goûte dans la soupe
    L'eau, seul chagrin,
Lui qui cent fois vide sa large coupe
    Pleine de vin ?
Oh ! quand il sent du Sicile ou d'Espagne
    Le doux glouglou,
Le vent a beau souffler de sa montagne,
    Il n'est plus fou.

Cherchez en France, amis, j'ose le dire,
  Cherchez ailleurs
Un plus affable, un plus joyeux sourire
  Qui plaise aux cœurs.
Notre Auvergnat n'ira jamais au bagne
  La corde au cou,
Bien que le vent soufflant de sa montagne
  Le rende fou.

Dans le Cantal et dans le Puy-de-Dôme,
  Dans tout l'Etat,
Vous ne pourriez trouver un si brave homme
  Quoique Auvergnat.
Quand je l'ai vu, moins triste je regagne
  Mon joli trou.
Je crains qu'un jour le vent de sa montagne
  Me rendra fou.

1er avril 1877.

A la chère mémoire de mon oncle L. S. DE GALEZ.

GALEZ !

(ÉLÉGIE).

Allez, mes souvenirs, allez !
Si de mes pas le temps y respecta la trace,
Vous du moins, mes seuls biens, allez, prenez ma place
Sous le toit béni de Galez !

. . . .

Où sont tous mes beaux jours, vallon, douce campagne?
Ah ! qui me les rendra les prés de la Sugagne,
La lande, les coteaux, les vignes, les bosquets ;
Le jardin et son banc, la route de la plaine,
Le clocher du hameau, le vieux toit du domaine
Et ses habitants que j'aimais !

En ce temps ce n'était qu'un rêve que ma vie :
Je dilatais mon âme à peine épanouie
Et chaque jour venait exaucer mes souhaits.
Mais la réalité remplaçant mon doux rêve,
Aujourd'hui je demande à Dieu qu'elle s'achève,
Car je ne vis que de regrets.

Pourquoi ce crêpe noir cache-t-il ton sourire,
Et pourquoi ces sanglots, femme, peux-tu le dire ?
Aurait-on arraché de ton brillant écrin
Les joyaux précieux qui formaient ta parure,
Et serait-il tombé l'Arbre dont la verdure
   Protégeait ton folâtre essaim ?

Pleure, ô Veuve, tes pleurs valent une prière.
Moi, lorsque le sommeil alourdit ma paupière,
Comme j'ai peur mon œil ne se clôt qu'à demi.
Ah ! comme toi je pleure en inondant ma couche,
Et mon cœur mille fois exhale par ma bouche
   Ce cri de plainte : « ô pauvre Ami ! »

Et mes nuits ne sont plus qu'une incessante veille :
Je regarde, j'appelle et je prête l'oreille,
Seule j'entends ma voix qui l'appelle toujours.
Hélas ! pas un écho qui vienne le redire
Ce nom qui renoûrait les cordes de ma lyre
   Et le fil d'or de mes beaux jours !...

C'est en vain que je cherche, ô brise, en ton haleine
Quelque chose de Lui pour adoucir ma peine.
Mes vœux sont impuissants, mon soupir méconnu.
Chaste autel où brûla l'encens de ma tendresse,
Ami, mon univers, charme de ma jeunesse,
   Dis-moi, qu'es-tu donc devenu ?

De ma lente agonie, oh ! quand la dernière heure
Aura sonné ; que l'âme en brisant sa demeure
Pour recouvrer son bien vers le ciel aura fui,
Oh ! que mon cœur alors, sous la commune pierre,
Près de son cœur repose et mêle sa poussière
          A la poussière de l'Ami.

.   .   .   .

          Allez, mes souvenirs, allez,
Si de mes pas le temps y respecta la trace,
Vous du moins, mes seuls biens, allez, prenez ma place,
          Sous le toit béni de Galez !

                                        20 juin 1877.

A mon vieil ami d'Auvergne A. P.

66me ANNIVERSAIRE

(ÉPITAPHE ACROSTICHE).

Au milieu de ce champ que la mort rend com	1
Passant, fixe tes pas une minute ou	2
A la porte en rentrant j'ai dû payer l'oc	3
Si comme moi parfois tu fis le diable à	4
Souviens-toi qu'on expie ici tous ses lar	5
En payant par trop cher les glouglous de troi	6
Ne m'imite donc pas si la soif te pin	7
Au fond d'une bouteille en trouvant la pit	8
Un coup trop sec brisa mon alambic tout	9
Dis pour l'âme auvergnate un gros *de profun*	10
Va, ne me pleure pas, mais sois toujours de bro	11

TOTAL..... 66 ans.

16 juillet 1877.

A mon Père bien-aimé.

LE GLAS DU JOUR DES MORTS

(ÉLÉGIE).

Tintez, cloches, tintez votre chant funéraire,
    Je l'aime, il me vient droit au cœur.
Vous faites de mon âme une urne cinéraire
    Que j'ai vouée à la douleur.

Tintez, vous ravivez dans cette urne féconde,
    Parmi tant de cendres, hélas !
Bien des débris vivants que garde encor le monde,
    Mais que le monde ne rend pas.

Tintez de votre voix plaintive entrecoupée,
    Alternez vos pieux accents,
Par moi votre prière est du moins écoutée,
    Car je comprends vos tintements.

Vous voulez, n'est-ce pas, par vos chants d'harmonie,
    Vous qui priez, priez pour tous,
Que ma douleur mêlée à votre hymne infinie,
    Vienne aussi prier avec vous ?

8

Oui, je m'unis à vous, fidèles messagères ;
Si vous tintez pour les heureux,
Vous tintez pour les morts qui veulent des prières
Et vous faites prier pour eux.

Tintez, puisque leur fête en ce moment commence,
Tintez pour ces chers trépassés,
Mon cœur à vos concerts se joint par le silence,
Lui va pleurer, mais vous tintez.

Voix du ciel, en tintant vous priez avec charmes ;
Mais si du moins le cœur meurtri
Ne peut aussi chanter, sa prière de larmes
Est chère à l'âme d'un ami.

Et Dieu bénit là-haut cette pieuse obole
Offerte au frère qui n'est plus.
Par ce soupir d'amour le mortel se console
Et ses soupirs font des élus.

.   .   .   .

Tu peux te rire, ô mort, dans tes farouches joies,
De nos prières, de nos pleurs.
Nargue tous nos regrets, étreins plus fort tes proies,
Mais tes triomphes sont menteurs.

Crois-tu donc nous river sous quelques pelletées
    D'une vile poussière? Oh! non.
Nos dépouilles, hélas! par ton souffle infectées,
    Prends-les, on t'en fait l'abandon.

Tu peux t'enorgueillir de ta force brutale,
    Te montrer fière de tes coups;
Crois-tu nous vaincre?—Eh! bien, dans la lutte inégale,
    O mort, tes victimes, c'est nous.

Ici-bas, oui, c'est nous que ta colère enlace,
    C'est nous, nous pauvres survivants,
Nous qui payons le prix de ta funèbre audace,
    Mais tes vaincus sont triomphants.

Ces héros, eux aussi, naguère tes esclaves,
    Comme nous pleuraient leurs amis.
Il n'a fallu que toi pour briser leurs entraves,
    Toi seule, ô mort, les affranchis.

Trop longtemps ta victime, ah! je t'attends sans crainte,
    Car plein d'ennuis et de regrets,
J'ai hâte de sentir l'effort de ton étreinte
    Pour goûter au plus tôt la paix.

. . . .

Ah ! quand sur moi la mort finira sa conquête,
    Cloches saintes, joyeusement
Tintez alors. Du ciel, en ce beau jour de fête,
    J'écouterai le tintement.

Ma dépouille, mêlée à de chères reliques,
    Sommeillera parmi les miens,
Mais mon âme avec Dieu chantera des cantiques,
    Ayant brisé tous ses liens.

1er novembre 1877.

A Mlle *la comtesse E. DE SAINT-LÉGIER.*

LE RAIL

(SONNET–ACROSTICHE).

Elle est encor debout cette antique demeure
Des nobles preux chantés par les gais troubadours.
En vain le temps jaloux de sa rage l'effleure,
Sous le lierre on peut voir un reste des beaux jours.

Au sein de ce vieux nid où le vent siffle et pleure,
Il vient souvent s'ébattre un blond essaim d'amours.
Ne pourrai-je, ô manoir, ne serait-ce qu'une heure,
Te voir et m'abriter à l'ombre de tes tours?

Le pied voudrait fouler tes tapis de verdure,
Et la main butiner dans ta riche parure,
Gracieuse oasis de parfum et d'émail.

Il faudrait sur la Seudre une lyre homérique,
Et l'écho pour chanter ta mémoire historique,
Répétant ton doux nom, on entendrait : « LE RAIL. »

12 novembre 1877.

A LA MORT DE PIE IX

(SONNET).

Magnanime vieillard, rempli de jours amers,
Comme Jésus ton chef tu meurs sur le calvaire,
Après avoir donné de ton cœur tutélaire
Le pardon au geôlier qui te forgea les fers.

Cette chaire où ta voix subjugua les enfers,
Tu la rends à ton Christ, ô fidèle Vicaire,
Mais je vois déployer un crêpe funéraire
Que ta mort va clouer au front de l'univers.

Laisse la terre en deuil, au ciel Dieu te prépare
Un plus beau trône; il veut remplacer la tiare
Et le sceptre brisé de son Pontife-Roi.

Ton courage a conquis la palme triomphale,
Mais notre amour réclame une onction royale
Qui te sacre à jamais confesseur de la Foi.

7 février 1878.

A mon frère HENRY.

MARKSVILLE

(ÉLÉGIE).

Léocadie, Auguste, Hermence,
Dans la nuit de la tombe, amis tendres, dormez.
Dormez, si dans le ciel votre bonheur commence,
Mes rêves caressés sont déjà consommés.

Dormez, frères, dormez dans votre paix profonde,
Dans ce lit de repos où l'on dort sans réveil,
Où viennent s'amortir tous les vains bruits du monde,
Dormez, rien ne viendra troubler votre sommeil.

Dormez, dormez tous trois sous la commune pierre,
L'union de la tombe a des secrets si doux !
La mort unit enfin les amis de la terre,
En les conviant tous au même rendez-vous.

Sur l'aile des regrets qui m'abîment encore
Oui, j'aime à refranchir le lointain horizon.
Que ne peuvent mes pleurs, comme ceux de l'aurore,
Mouiller chaque matin votre froide maison !

Au murmure des flots qui vont battre la rive
Où vous dormez, amis, votre sommeil de mort,
Je mêle les accents de mon âme plaintive,
Et ce concert fait battre, hélas ! mon cœur plus fort.

Je livre mes soupirs à la brise qui passe,
J'abandonne ma plainte au monde ingrat qui rit,
Oiseau, doux messager, va, traverse l'espace,
Dis-leur que pour pleurer un frère leur survit.

15 mars 1878.

A mon vénérable ami M. B. DE CAOUTÉRÉS.

Boulérat dounc toustém, gorios dé Peyrahito,
Yélousos m'é cacha, per darrè bostés pics,
A quét nid où moun co coumptabio pér la bito
S'éndourmi per jamés aou mey dé sous amics !
Si mas pléintos u dio poudion est'éscoutados !
Oh ! las pléintos d'un co, s'és disén qu'ey tout dous :
Nou hèn pas tant de brut qu'éts saouts d'éros cascados.
Més quand la nét, per cas, ésclatont mas doulous,
A Dieou soul alabéts qué libri mas souffrénços.
Rèbés trounpurs, tournat éncore mé charma ;
Caréssam-mé toustém, chéridos soubénénços,
En courserban én co dé douços éspérénços,
L'amic qui biéou ta louy qu'és counsole én ayma.

15 juin 1878.

A M. le marquis T.-L. DE SAINCTHORENT.

CLÉRANT

(SONNET-ACROSTICHE).

Clérant, riant manoir aux murailles antiques,
Hardi donjon flanqué de formidables tours,
Au sein de flots d'azur mire tes pans gothiques,
Ton aspect saisissant a ralenti leur cours.

Etale avec orgueil tes créneaux granitiques
Au pied desquels jadis au temps de tes beaux jours,
Un preux seigneur fêta des héros pacifiques.
Clérant, tu te souviens de tes gais troubadours?

Le soir, lorsque Phœbé, perçant les voiles sombres,
Effleure tes pignons et vient grandir tes ombres,
Rêveur sous tes ormeaux, je t'admire, ô géant.

A ton royal aspect, ma muse qui soupire,
N'a plus dans son amour qu'à chanter sur sa lyre
Ton nom harmonieux, ô château de Clérant!

14 juillet 1878.

Au R. P. G. VERDIER, de Sabart.

SPECTACLE DE L'OCÉAN

(ODE COURONNÉE).

Usque huc venies et non procedes ampliùs
et hic confringes tumentes fluctus tuos.
Job., cap. XXXVII, II (26-72).

Ton œuvre grandissait : ta parole féconde
Ajoutait chaque jour une merveille au monde.
La lumière à ta voix avait brillé soudain.
Pour dévoiler les cieux et dégager l'aride
Tu voulus assigner à la masse liquide
    Un lit que lui creusa ta main.

Les flots obéissant à ta toute puissance
Envahirent les bords de cet abîme immense
Et d'un regard d'amour ton œil les contempla.
Mais, montrant à ces flots le dernier grain de sable,
Contre leurs fiers assauts barrière infranchissable,
    Tu dis : « Vous irez jusque-là. »

Ils n'iront pas plus loin que ce grain du rivage :
Ta Majesté, grand Dieu, dans ton sublime ouvrage,
De ses droits souverains revendique sa part.
Contre ce frêle écueil que le zéphyr tourmente
Ils viendront s'émousser ; leur rage, leur tourmente
     Mourront au pied de ce rempart.

Vous n'irez pas plus loin ! un arrêt immuable
Vous défend de franchir cet humble grain de sable.
Briseriez-vous le sceau d'un décret solennel ?
Que peuvent vos efforts, qu'importe votre audace ?
Pouvez-vous effacer l'indélébile trace
     Du doigt puissant de l'Eternel ?

Océan ! je le sais, tes vagues mugissantes,
Ton flux et ton reflux, tes trombes menaçantes
Semblent se souvenir et redire à leur tour,
Dans un hymne infini qui toujours recommence
Et monte vers les cieux la divine défense
     Qui fut portée au premier jour.

Que tes flots écumeux, tes lames courroucées
Reprennent à l'envi leurs fureurs insensées
Et redoublent pour Dieu leurs sauvages accords.
Muette à ton aspect, Océan, sur tes plages
Mon âme aussi médite en déroulant tes pages,
     L'arrêt buriné sur tes bords.

L'homme peut s'habituer aux émouvantes scènes
Que la nature étale en ses riches domaines.
Devant ces grands tableaux si son œil est distrait,
Un secret inconnu le charme, le captive
Auprès de l'Océan. Là son âme se rive
     Sous l'étreinte d'un doux attrait.

Reconnaissant aux eaux une antique origine,
Il sait que dans leur sein la puissance divine
Marchait déjà, quand lui, leur roi, n'existait pas.
Leur force, le Seigneur pouvait seul la soumettre,
Lui seul en les domptant pouvait donner un maître
     A ces royaumes d'ici-bas.

Quand je vous vois trembler devant l'auguste face
Du Créateur, ô mers, votre orgueil qui s'efface
Vient m'enseigner comment Dieu doit être adoré.
Oui je t'aime, Océan, quand se calme ta houle
Et que l'écume blanche en franges se déroule
     Sur la plage au sable doré.

Alors je te franchis : mon âme qui te sonde
Par de là l'horizon, errante et vagabonde,
Ne voit que l'infini dans ton immensité.
Mais bientôt à travers la tempête et l'orage
Tu lui fais entrevoir sur un lointain rivage
     Le port de son éternité.

                        28 août 1878.

A MM. DUCHAINE et PETIT.

ESCARMOUCHE

(SONNET-ACROSTICHE).

Duchaîne, pour chanter ce dîner ineffable,
Un sonnet va bientôt jaillir de ton crayon.
C'est que je veux fêter ton humeur si traitable,
Héros, qui sus narguer ton fier amphitryon.

Aurais-tu supposé Petit si formidable?
Il te lança le gant d'un hardi sans façon.
N'aurait-il pas mieux fait de sourire à sa table,
En plaisantant plutôt l'Auvergnat, le Gascon?

Pour mieux nous divertir tu jouas la parade.
Pour soutenir aussi l'honneur de la bravade,
En face l'on te vit croiser loyalement.

Terrassé toutefois, au fond d'un plat de crême
Il te fallut tomber. Duchaîne, quand il aime,
Tu sauras que Petit fait tout brutalement.

8 septembre 1878.

Hommage à son Eminence le cardinal DONNET.

L'EVÊQUE D'ORLÉANS

(ODE HÉROÏQUE).

Tel que l'aigle au-dessus des cimes,
Planant d'un vol majestueux,
Ton aile à des hauteurs sublimes
Te tint suspendu près des cieux.
D'un regard puissant, ô génie,
Tu scrutais la voûte infinie
En mesurant tout l'horizon,
Et jusqu'aux faîtes de l'histoire,
Alors que tu fuyais la gloire,
Malgré toi tu gravas ton nom.

Ta palme saintement conquise
Brille d'un éclat mérité,
O brave champion de l'Eglise,
Noble amant de la vérité.
Au ciel tu puisais ta vaillance :
Ton cœur pour Rome et pour la France
Frémit d'amour, Dieu sait les fois.

La France, ô fils d'antique race,
Partout retrouvera ta trace
Et le mâle accent de ta voix.

Quand l'ennemi couvrait nos plaines,
Comme Jeanne tu te montras
Et tu vis les hordes germaines
Deux fois plier devant ton bras.
Le monde admira ton courage
Lorsque ton cœur fléchit la rage
Qui menaçait tous tes enfants.
Près du bronze de l'Héroïne,
Je vois déjà l'Art qui burine
Ton front d'airain pour Orléans.

En rendant au Christ ta houlette
Tu laisses en deuil ton troupeau,
O vaillant et loyal athlète,
Qui hissas si haut ton drapeau.
Mais pour achever ta carrière
A ton ambition dernière
Il n'a fallu qu'un blanc linceul.
Va, l'univers te rend hommage :
Tout t'ennobellit, même l'outrage,
Puisque l'outrage vient d'un seul.

1er novembre 1878.

A M. l'abbé P. DE SAINT-ORSE.

POUR UN PORTRAIT

RENFERMANT CINQ TÊTES BLONDES.

Frais et riant bouquet où deux lis et trois roses
Semblent s'épanouir pour charmer tous les yeux ;
Doux nid où cinq amours parlent les lèvres closes,
Nid ou bouquet je t'aime, ô portrait gracieux.

12 novembre 1878.

A mon frère ADOLPHE.

MONTAGNES PYRÉNÉES

(STANCES).

Vers vous toujours, riantes Pyrénées,
S'envoleront mes plus doux souvenirs.
Témoins discrets de mes jeunes années,
Mon cœur vous doit ses regrets, ses soupirs.
Rois des hivers, sous leur blanc diadème,
J'aime vos fronts et leur reflet si pur
Quand sur vos flancs de granit le ciel même
Avec amour jette un manteau d'azur.

C'est à vos pieds, sur la verte colline
Que j'apparus tel qu'un frêle arbrisseau.
Sous d'autres cieux j'ai dû prendre racine,
Laissant là-bas mon vallon, mon berceau.
Il me fallait, ô monts, la fraîche haleine
Et les baisers de vos zéphyrs si doux.
J'aurais grandi, tandis que dans la plaine,
Seul je languis, hélas! trop loin de vous.

L'insecte éclos sous le bouton de rose
Me rend jaloux, car je sens son bonheur.
Heureux, il va, revient, rôde, se pose
Et meurt enfin à l'ombre de sa fleur.
Vallons chéris, trésors de ma tendresse,
Adieu, je sais que je vous ai perdus.
Rêves trahis qui berciez ma jeunesse,
Encore adieu, pour moi vous n'êtes plus.

Pourquoi les flots que tu roules, ô Gave,
Et que mon œil contempla tant de fois,
M'ont-ils, hélas! lancé comme une épave
Loin de leurs bords où j'écoutais ta voix.
Naguère encor, près de tes eaux si vives,
Ta blanche écume entraînait dans son cours,
Contre mes vœux, les heures fugitives,
Sans me douter que c'était pour toujours.

Hameau béni de l'étroite vallée,
Où grandit tant ma première amitié,
Sous la croix d'herbe, agreste mausolée,
D'un cœur brisé tu caches la moitié.
Lègue à mon deuil comme grâce dernière,
De cet ami que Dieu ne me rend pas,
Une relique, un grain de sa poussière,
Et garde bien l'empreinte de mes pas.

Mais cependant aux pieds de mes montagnes
Je sais que Dieu me conserve un trésor.
Oui, j'ai là-bas dans les riches campagnes
De doux foyers et des amis encor.
Rive fleurie et qu'arrose la Neste,
Où je voudrais aborder pour jamais,
De mes liens le seul fil qui me reste,
Tous mes pensers sont pour toi désormais.

Pourtant je trouve au sein de ma souffrance,
Loin du pays, pauvre enfant isolé,
Ce talisman qu'on nomme l'espérance,
Baume trop doux, si cher à l'exilé.
Sainte Espérance, ineffable parole,
Divin écho qui viens pour moi du ciel,
En t'écoutant mon âme se console
Et mon cœur sent quelques gouttes de miel.

15 novembre 1878.

A ma nièce et filleule MARIE GANDIER.

L'ÉGLISE OU LA MAISON DE DIEU

(ODE SACRÉE).

Fides, Spes, caritas.

I

Dans ce vaste univers que tu créas pour l'homme,
O divin artisan, jusque dans chaque atome
Tu révelles ton nom, ta gloire, ta beauté.
Ce temple dont les cieux forment la voûte immense,
Seul tu peux le remplir par ta sainte présence
En nous voilant ta majesté.

Cherchant à déchirer ces voiles de mystères
Qui te tenaient caché, la foi de nos vieux pères,
Pour entendre ta voix, t'érigea des autels.
Le peuple d'Israël avait son tabernacle
Où ton amour venait lui rendre son oracle
Avec tes décrets solennels.

Pourtant ces monuments, pour ces peuples avides
De contempler ta face étaient encore vides;
Si l'oreille entendait, rien ne frappait les yeux.
Dans le temple lui-même aux merveilles sans nombre,
Chef-d'œuvre du grand Roi, tout se passait en ombre,
      Car le Seigneur vivait aux cieux.

Après quatre mille ans de soupirs et d'attente,
Enfin l'heure sonna. La terre impatiente
Saluait son sauveur qui venait pour jamais.
Oui, touché de nos maux et de notre misère,
Le Christ, ton fils, voulut devenir notre frère
      Et vivre avec nous désormais.

Dans ces temples sacrés, qui jadis étaient vides,
Oui, mon Dieu, je sais bien qu'aujourd'hui tu résides
En holocauste saint, en victime d'amour,
Car c'est sur nos autels, crèches et croix nouvelles,
Que tu nais, que tu meurs, que tu te renouvelles
      Des millions de fois chaque jour.

Sur nous, là tu te plais à répandre tes grâces.
Le mortel n'entend plus tes divines menaces,
Tout respirant la paix dans ta sainte maison.
Là s'entr'ouvre ta main qui bénit et qui donne,
Tandis qu'on sent ton cœur outragé qui pardonne
      Du fond de l'étroite prison.

Sur ton trône enchaîné, royal captif tu restes
Pour attendre de nous et des esprits célestes
Les adorations à toute heure du jour.
Lorsque la nuit revient ramenant le silence,
La lampe de cristal te veille et se balance
  Devant toi pour faire sa cour.

Quand je te vois quitter la droite de ton Père
Pour venir parmi nous partager la misère
En t'abritant ainsi sous nos pauvres palais,
Je ne comprendrais pas tant de condescendance
Si ton humilité n'aimait notre indigence,
  Puisqu'en elle tu te complais.

C'est au temple, Seigneur, que des bras de ma mère
Je fus porté vers toi ; qu'à ta douce lumière
S'entr'ouvrirent mes yeux pour la première fois.
C'est là que rayonnant de candeur, d'innocence,
Que se sont écoulés les jours de mon enfance
  Alors que j'apprenais tes lois.

Pour raffermir mes pas chancelants sur ta trace,
. Tu voulus que mon cœur se trempât dans ta grâce
Quand tu le convias à ton royal festin.
Bientôt réconforté par ton Eucharistie,
Plein d'ardeur j'apparus sur le seuil de la vie
  Dont tu m'indiquais le chemin.

Je me rappelle encor, ô maison trois fois sainte,
Cette aurore où l'encens embaumant ton enceinte,
Je sentis dans mon cœur mon Sauveur que j'aimais.
O divine union, extase enchanteresse !
Trop rapides instants d'un jour rempli d'ivresse,
          Peut-on vous oublier jamais ?

Pour raviver en moi cette première flamme,
Mon Dieu, combien de fois as-tu nourri mon âme
De ta chair, de ton sang dans ce même banquet ?
Que de fois j'ai sucé le lait de ta doctrine,
Que de fois tu rendis, ô charité divine,
          Le calme à mon cœur inquiet !

Que de fois je t'ai vue, ô victime adorable,.
T'offrir et t'immoler pour moi, pauvre coupable,
Pour appaiser le ciel que j'avais irrité !
Il fait bon revenir sous la pieuse voûte
De tes humbles palais, car le mortel y goûte
          Toujours quelque félicité.

Il aime à la fouler, ta demeure chérie :
Il sait bien qu'il n'a pas ici-bas de patrie
Qui rappelle à son cœur des souvenirs plus doux.
Combien sur ses parvis est forte sa prière !
Son cri plaintif te touche et sa grande misère
          Vient y désarmer ton courroux.

Qu'importe si parfois à sa voix suppliante,
Seigneur, tu restes sourd? — Sa foi si confiante,
Vient encor t'y bénir même au sein des fléaux,
Pour le héros vainqueur que serait donc sa gloire,
S'il n'offrait à Celui qui donne la victoire
     Dans le temple tous ses drapeaux?

II

O maison de mon Dieu, doux pavillon de l'homme,
Tu me fais tressaillir quand j'aperçois ton dôme,
Car je comprends trop bien tout ce que je te dois.
Gardien et saint témoin de chères souvenances,
Dis-moi combien encor gardes-tu d'espérances
     A l'ombre sainte de ta croix?

Tu remplis le mortel qui franchit ton enceinte
D'un long saisissement de respect et de crainte,
Puis un attrait puissant s'empare de son cœur.
Son âme avec transport librement y soupire,
Et loin des bruits du monde il sent qu'il y respire
     Une atmosphère de bonheur.

Le riche vers ton sein, guidé par la sagesse,
Y découvre combien est vaine sa richesse;

Il y voit des trésors encor plus précieux.
Il sent qu'à ses côtés le pauvre n'est qu'un frère
Racheté comme lui, que le bon Dieu préfère
   Toujours au puissant orgueilleux.

Ta nef n'est qu'un refuge ouvert à la souffrance :
Le pauvre y peut rentrer, et pour son indigence
La table du festin s'y dresse tous les jours.
Le nouveau Bethléem et le nouveau calvaire
Font de sa croix trop lourde une croix plus légère,
   Car Dieu l'y console toujours.

Au juste méfiant tu donnes un asile,
Et la vertu qu'il porte en un vase fragile,
Loin de tout souffle impur grandit dans le saint lieu.
Tu n'es plus pour sa foi que la fidèle image
De ce port du salut où jamais nul orage
   Ne peut gronder sous l'œil de Dieu.

Et que diras-tu donc, temple, à l'âme inquiète
Du malheureux pécheur? — Rien, tant que la tempête
Agitera son cœur devenu trop charnel.
Mais quand la grâce aura touché sa conscience,
Témoin de ses remords, tu seras l'assurance
   Du pardon qui donne le ciel.

Sois béni mille fois, ô sacré sanctuaire,
Portique parfumé par l'encens, la prière
Où l'homme va chercher un remède à ses maux;
Douce et fraîche oasis du désert de la vie,
Saint foyer où l'amour du Seigneur nous convie
   Pour nous offrir quelque repos;

Fontaine où notre soif s'étanche à des eaux vives;
Cher monument où l'homme inscrit sur des archives
Ses jours mêlés d'angoisse et de félicité;
Heureux port d'où bientôt à son dernier voyage
Notre esquif pour toujours s'enfuyant du rivage
   Voguera vers l'éternité.

       20 décembre 1878.

A *Monsieur Antonin MARTIN*,

Président de l'Académie Poétique de France.

———

(SONNET.)

Du haut de l'Hélicon, de ta gloire immortelle,
O docte favori, tends avec charité
A ma Muse trop jeune une main fraternelle
Et guide-la toujours avec sécurité.

Ne crains pas, dans son vol, de lui casser une aile,
En traitant son audace avec sévérité ;
Tu ne peux que la rendre et plus noble et plus belle
En montrant à ses yeux l'austère vérité.

Aimant qu'on me conseille et non pas qu'on me loue,
Je comprends aujourd'hui, grâce à toi, je l'avoue,
Que l'effort de ma Muse a pâli mes sonnets.

Mais tu me les rends chers, même par ta critique,
Devraient-ils dans cent ans, au fond d'une boutique,
Servir à l'épicier pour rouler des cornets.

20 décembre 1878.

A mon ami M. l'abbé G. D. D'ESCALA.

LE JUGEMENT DERNIER

(ODE).

L'heure a sonné, l'heure dernière,
Pour le monde et l'humanité.
Au temps qui finit sa carrière
Va succéder l'éternité.
Activant sa course affolée,
La Mort en reine échevelée
Partout se montrera soudain,
Et de son bras infatigable,
Ivre de deuil, inexorable,
Amoncellera son butin.

Un crêpe couvrira le monde,
Le jour deviendra ténébreux.
Au sein de cette nuit profonde
Le soleil éteindra ses feux.
Les astres surpris sur leur route,
Moitié détachés de leur voûte,

Pendus arrêteront leurs pas.
Les monts sur leurs bases géantes,
Ouvrant leurs fissures béantes,
S'affaisseront avec fracas.

Etreinte par des mains puissantes,
La terre en ses déchirements,
De ses entrailles palpitantes,
Rendra de longs gémissements...
Et les mers rompant leurs barrières,
Donnant essor à leurs colères,
Envahiront tout de leurs eaux,
Alors qu'aux pieds du grain de sable
Que Dieu rendait infranchissable
Elles venaient briser leurs flots.

Au sein d'une angoisse infinie,
Le monde et la création,
S'assistant dans leur agonie,
Diront leur désolation.
— Cependant dans la sombre nue
Une voix perçante, inconnue,
Remplit d'effroi l'épais chaos,
Et les éclats que la trompette
Aux quatre coins jette et répète
Font retentir tous les échos.

Les anges, messagers célestes,
Se hâtent de crier partout :
« Fils de la mort, prenez vos restes,
» O générations, debout.
» Dans vos demeures funéraires,
» Vite rassemblez vos poussières,
» Ce grand jour Dieu l'a fait pour vous.
» Passez aux terribles assises
» Que sa justice avait promises,
» Venez, il vous appelle tous. »

Entendant la voix qui leur crie,
Les cendres et les ossements
Qu'un souffle rappelle à la vie,
Sortent de leurs froids monuments,
Terres et mers dont les abîmes
Gardaient d'innombrables victimes,
Vomissent d'un commun accord,
Couverts de leurs linceuls humides,
Des spectres hagards et livides
Qu'avait jadis fauchés la mort.

Bientôt apparaît la nuée
Qui doit servir de tribunal.
Le Christ, la face dévoilée,
Se montre sur son piédestal.

Autour de lui déjà se range,
Des chœurs célestes la phalange,
En se prosternant à genoux.
Brillant d'une auguste auréole,
Il tient la croix, divin symbole
De sa grâce ou de son courroux.

Avec son bois du sacrifice,
L'Homme-Dieu redescend du ciel,
Pour rendre au nom de la justice
L'arrêt terrible et solennel.
Devant sa face trois fois sainte,
Il fait marcher l'esprit de crainte,
Qui glace le front du pécheur.
Le monde tressaille à sa vue,
Et l'humanité le salue
Avec respect, avec terreur.

Seigneur, qu'il sera redoutable
Ton arrêt quand tu jugeras !
Quelle main assez formidable
Pourra nous désarmer ton bras ?
Déjà tout mon être frissonne,
Car cet éclat qui t'environne

Me trouble et me remplit d'effroi.
Avec cet appareil terrible,
Je sens un juge incorruptible
Qui ne connaîtra que la loi.

Toi qui sondes et qui mesures
Tous les replis du cœur humain,
Hélas! grand Dieu, combien d'injures
Au livre inscrites par ta main!
Que de crimes, que d'infamies
Aux âmes longtemps endormies
Tu réserves pour leur réveil!
Pour l'existence sacrilége,
De forfaits quel sombre cortége
Apparaîtra sous ton soleil!

Pourquoi des voiles hypocrites
Si Dieu les perce d'un regard?
Pécheur, tes fautes sont inscrites,
Tes repentirs viendront trop tard.
Va, pour ta soif si criminelle,
Il reste la honte éternelle,
Breuvage d'expiation.
Verse d'une main défaillante,
D'un trait sur ta lèvre brûlante,
La coupe de dérision.

Le monde aux promesses si vaines,
L'enfer jaloux viendront alors
Choisir leurs victimes humaines,
Le prix de leurs communs efforts.
Le remords, ce ver qui dévore,
Ennemi plus terrible encore
Dont le cœur étouffait la voix,
Parlera, car la conscience,
Sentant son heure de vengeance,
Aura reconquis tous ses droits.

Mon propre accusateur moi-même
Où dérober mon front souillé
Marqué du sceau de l'anathème
Devant l'univers assemblé ?
Ah ! sous cet arrêt implacable
Soutiendrai-je, enfant trop coupable,
Le poids d'un fardeau si pesant ?
Grand Dieu, fais qu'à l'heure dernière,
Lavé par ton sang, ta colère
M'épargne au jour du jugement.

Pourtant la foule consternée
Assiste au procès qui s'instruit.
Déjà la cause est terminée
Et l'arrêt éternel la suit.

Au sein d'un horrible silence,
Le Christ porte enfin la sentence :
« Le ciel aux généreuses âmes,
» Aux méchants, l'enfer et ses flammes
» Et pour toute l'éternité !!!... »

Eternité ! jour qui commence
Et qui n'aura jamais la fin ;
Jour de courroux, jour de clémence
Que fait marcher le doigt divin...
Le ciel !... L'enfer !... L'âme attentive
Frémit à cette alternative
D'angoisse et d'amour à la fois,
Sentant jusqu'à la moindre fibre,
Qu'ici-bas Dieu la laisse libre
De l'aimer ou non à son choix.

                          23 décembre 1878.

A mon vieil ami A. P.

SUR UNE POÉSIE PATOISE

Mal imprimée par le *Pèlerin*.

Jadis, dans mon pays, priant sur le chemin,
J'ai rencontré cent fois, venant de Compostelles,
Des pèlerins dévots un bourdon à la main.
Aujourd'hui, cher ami, toi tu me les rappelles,
Car ta Muse pieuse arrivant de Paris,
Se montre à mes regards couverte de coquilles.
Elle a pour tout bourdon beaucoup trop de béquilles
Qui prouvent que ton cœur n'a pas été compris.

28 décembre 1878.

A M. le chevalier ALIX DE PEYZAC.

90ᵐᵉ ANNIVERSAIRE.

Tel que l'if des forêts qui garde sa verdure
Malgré les froids baisers des zéphyrs, des autans,
Je vois que chaque année ajoute à la parure
Que vous font plus nombreux tous vos petits enfants.
Le temps qui vous effleure en passant vous caresse ;
Les hivers, les printemps, pour vous il les confond.
Il sonne, pour combler notre douce allégresse,
Les quatre-vingt-dix ans qui parent votre front.
Cette heure a résonné dans mon cœur de poète ;
Comme un écho fidèle, en ami vrai, je veux
Essayer de traduire en ce beau jour de fête
Notre admiration, notre joie et nos vœux.
Mais, deux lustres de plus : il faut que la centaine
Puisse encor convier vos enfants près de vous.
Votre aimable gaieté l'assurerait sans peine,
Si Dieu ne l'avait pas tantôt promise à tous.

2 mars 1879.

A mon ami J. LACOMBE,

Victime de lâches calomnies et qui devait être noblement
réhabilité trois mois après.

Dùm spiras spera.

AU CAPTIF

ÉPÎTRE ÉLÉGIAQUE

Couronnée au concours de 1880 par l'académie poétique de France.

Ce soupir exhalé dans ton morne silence,
    Ce suppliant et tendre appel
Qu'à ton âme meurtrie arrache la souffrance,
    Rencontre un écho fraternel.

J'ai reconnu ta voix si bonne et si discrète,
    Et recueillant ton cri plaintif,
Je l'entends résonner dans mon cœur de poète
    Où tu vis toujours, cher captif.

Je sais que l'amitié fortifie et console,
    Je l'ai ressenti bien souvent.
A l'ami pourrait-on refuser une obole
    En voyant sa main qu'il nous tend?

Je suis bien pauvre, hélas! et dans mon indigence
    Il ne me reste plus pour toi
Qu'un cœur comme le tien brisé par la souffrance,
    Comme lui grandi par la foi.

Mais puisse-t-il, du moins, pour alléger ta peine,
    Etancher un moment tes pleurs,
Partager avec toi les anneaux de ta chaîne
    Et le fardeau de tes rigueurs.

Derrière ses barreaux, lorsque l'oiseau murmure,
    Sous le coup de l'adversité,
Je comprends ce qu'il dit et tout ce qu'il endure,
    Il pleure, hélas! sa liberté.

Liberté! mot sacré que ta langue profère
    Avec amour à deux genoux ;
Nom qu'aime à répéter dans sa longue prière
    L'infortuné sous les verrous.

Qu'il fasse de ton cœur tressaillir chaque fibre,
    Car, malgré l'étroite prison,
Tu sais qu'au sein des fers une âme est encor libre,
    Qu'elle a les cieux pour horizon.

Elle peut tout braver, la colère, le glaive,
    La cloison qui borne les pas.
L'âme appartient à Dieu ; de lui l'âme relève
    Et l'homme ne l'enchaîne pas.

Souveraine, elle peut traverser les espaces,
    Franchir les murs les plus épais ;
Le courroux des méchants, leur haine, leurs menaces
    Ne sauraient l'atteindre jamais.

Malgré tout elle vole au-delà de ces mondes
    Au ciel où sa foi la maintient ;
Elle puise sa force à des sources fécondes,
    Et c'est Dieu seul qui la soutient.

Tant que l'homme voudra, traîne ton agonie,
    Et puisqu'il veut te voir souffrir,
Innocent ou coupable, il faut que l'ironie
    T'apprenne à devenir martyr.

Endure tous les maux avec calme, héroïsme,
    Car bien loin d'avilir tes jours,
La vertu dans ton cœur rayonnant comme un prisme,
    Confondra tes geôliers toujours.

Que ton front qu'a souillé le menteur anathème
    Se lève encor plein de fierté.
On t'a voulu ternir, mais l'outrage lui-même
    Ennoblira ta liberté.

Que tes jours languissants s'écoulent, patience,
    Là-haut Dieu les compte pour toi.
Juge intègre pour tous, il n'a qu'une balance
    Comme il n'a pour tous qu'une loi.

Ne murmure jamais : vide l'amer calice
    Et pardonne à tes ennemis.
Courage pour t'aider dans ton dur sacrifice,
    Il te reste des cœurs amis.

Ces amis maintenant souffrant de ta souffrance,
    Tu les verras accourir tous
Pour saluer bientôt ton jour de délivrance,
    Quand s'ouvriront les lourds verrous.

                                     31 mai 1879.

A M. le comte H. DE FLEURIEU.

MARZAC

(SONNET-ACROSTICHE).

Formidable donjon, de sa lueur blafarde,
La lune comme un I se pose sur tes tours,
Et t'offrant son miroir, le flot pur qui te garde,
Un instant à tes pieds vient ralentir son cours.

Ravi, quand dans ton sein parfois je me hasarde,
Il semble que je vis au temps des vieux beaux jours,
Et mon oreille entend la voix douce du barde,
Unie aux gais propos des joyeux troubadours.

Marzac, il fait si bon dans tes murs granitiques !
Avec bonheur on aime à voir tes pans gothiques
Reflétés par des eaux plus tranquilles qu'un lac.

Zéphyr, quand pour toi seul dans tes grands bois soupire
A ton aspect, le soir, je reviens sur ma lyre,
Chanter avec ton nom tes splendeurs, ô Marzac.

29 septembre 1879.

A la chère mémoire de mon ami B. MÉRILHOU.

LOSSE

(SONNET-ACROSTICHE).

Caressé par le temps dont tu nargues l'audace,
Hardi castel, tu peux étaler tes créneaux
Aux regards étonnés du batelier qui passe,
Troublant ton doux reflet dans le miroir des eaux.

En voyant tes fossés et ta large terrasse,
Aux pieds des vieux pignons qui se dressent si beaux,
Un instant il s'arrête et soudain dans l'espace,
De tes rocs il voit fuir les sauvages oiseaux.

En vain il interroge et tes murs et ton ombre ;
Le silence est partout ! mais un écho bien sombre,
Obéissant bientôt, redit au loin sa voix.

Seul dans ces lieux déserts, la tristesse dans l'âme,
Sa main ayant repris languissamment la rame,
En pleurant il t'observe une dernière fois.

4 octobre 1879.

A ma pauvre Mère.

MÈRE ET ENFANT

(ODE ANACRÉONTIQUE).

Tant que son ange blond sommeille,
Sa mère est là près du berceau,
Sans cesse entr'ouvrant le rideau
Pour épier s'il se réveille.

Qu'elle aime à revoir ce trésor!
Tandis qu'il respire en cadence,
Sa main légère le balance
Et son œil le contemple encor.

Sur cette bouche demi-close
Elle voudrait tant déposer
Tout son amour dans un baiser!
Mais dans sa tendresse elle n'ose.

Dût-elle enfin le voir pleurer,
Impatiente elle se penche,
Et cette main qui pend si blanche,
Sa lèvre en feu vient l'effleurer.

L'enfant dans sa molle couchette
Se tourne, et sous le voile blond
Dont ses anneaux parent son front
Il fait luire un œil de fauvette.

Réveil plus doux qu'un talisman !
L'ange gazouille pour tout dire
Et de sa bouche au gai sourire
Il s'échappe ce mot : « Maman. »

Soupir d'ineffable tendresse,
Mais que la mère avec bonheur
Recueille avide dans son cœur,
Déjà plein de crainte et d'ivresse.

Que de mystères à la fois
Dans ce nom qu'elle vient d'entendre !
Seule, elle peut toujours comprendre
Tout ce qui vient de cette voix.

L'enfant de ses bras nus enlace
Sa mère qu'il tient par le cou,
Précieux et vivant bijou
Qui l'embellit et qui l'embrasse.

J'aime à les voir jouer tous deux
Avec cette grâce naïve,
Car leur joie apparaît si vive
Que je la partage avec eux.

J'aime l'enfant à la lisière
Quand il a fait son premier pas.
Si son transport n'éclate pas,
Combien du moins sa mère est fière !

S'il tombe, elle accourt à son cri,
Et sa main relève et console
Ce cher mignon qui se désole,
Une caresse l'a guéri.

Si de la joie à la tristesse
On la voit passer tour à tour,
C'est que son cœur si plein d'amour
Fait des prodiges de tendresse.

Voyez, elle va puis revient,
Elle entre, elle sort, elle rôde,
Pour elle tout semble commode
Avec son ange qu'elle tient.

Son affection la seconde,
Et si le père sur ses bras
Porte l'enfant, son embarras
Rappelle Atlas portant le monde.

Que le fils ait tort ou raison,
Usant de sa suprématie,
Avec quelle diplomatie
Elle plaide dans sa maison !

Après mille tracasseries,
Elle se fâche, mais tout doux.
Peut-on longtemps être en courroux
Quand on cède aux cajoleries?

Son amour ne se dément pas
Et croît chaque jour davantage :
Son fils grandissant avec l'âge,
Elle le suivra pas à pas.

Que d'angoisses et que de veilles !
Qui dira ce qu'il a coûté ?
Mais elle qui n'a pas compté
Pour lui fait toujours des merveilles.

La tendresse au fond de son cœur
Ne sera jamais assouvie ;
Elle lui consacre sa vie
Au prix même de son bonheur.

Sa foi forte lui fait comprendre
Qu'avec l'exemple et la vertu,
Ce cher dépôt qu'elle a reçu
A Dieu seul elle doit le rendre.

Tandis que sa main le bénit
Pour son fils, hélas! elle prie,
Et pardonne même, attendrie,
Lorsque cet ingrat la maudit.

Heureux, qui de ce cœur prodigue
Garde un souvenir précieux,
Car il peut, de la terre aux cieux,
Suivre les traces de son guide.

Rien n'est si beau, rien n'est si doux,
Rien n'est si puissant qu'une Mère.
Ce nom sacré plein de mystère,
Hélas! je le dis à genoux.

19 décembre 1879.

A mon ami l'abbé LA BOUILLE,

Officier d'Académie, chevalier de la Légion-d'Honneur.

MON ISOLEMENT

Dehors souffle la froide bise,
La neige étend son blanc linceul,
Et sur mes bûches que j'attise,
Je médite, car je suis seul.

L'isolement, je le déteste,
Et je n'ai plus dans ma maison
Qu'un chat fidèle qui me reste
Pour m'aimer en toute saison.

Tandis qu'actif mon esprit trotte,
Le gros ronfleur sur mon genou,
En philosophe se dorlote
Alors que moi je veille en fou.

Je vais dans ma ronde insensée,
Franchissant les monts et les mers ;
La nuit il faut que ma pensée
Cent fois parcoure l'univers.

L'éclair ne pourrait point la suivre ;
Et pour tempérer son élan,
Si mes yeux tombent sur un livre,
Ma folle vagabonde encor.

Parfois je hasarde une rime
Pour tenter de la contenir,
Mais il faut que je la supprime,
Puisque l'autre ne peut venir.

Dans mes voyages chimériques,
Qu'un homme n'a jamais conçus,
De ce vieux monde aux Amériques
Je ne vois que rêves déçus.

11

Que des promesses mensongères
Sur lesquelles j'ai trop compté,
Que des amitiés passagères
Et le prix qu'elles m'ont coûté.

Puis, avec çà, je gagne un rhume,
Grâce au froid qui partout m'atteint.
Sans plus d'huile ma lampe fume
Et mon dernier tison s'éteint.

Faut-il encor que je prolonge,
Au détriment de mon sommeil,
Un voyage qui n'est qu'un songe
Plein d'ennuis cuisants au réveil?

Honteux de ma sotte folie,
Je pars tant que ma lampe luit,
Maudissant la mélancolie
Qui m'a tenu jusqu'à minuit.

Ah! que l'isolement est triste
Pour un esprit méditatif!
Mieux vaut cent fois être égoïste
Pour n'aimer que le positif.

25 décembre 1879.

A mon très-vénérable ami L. V. DE MOUR.

BONNE ANNÉE !

(ÉPÎTRE).

A cette heure où l'année expire,
Mon cœur comme à chaque déclin,
Impatient vient vous redire
L'affection dont il est plein.
Vers les bords riants de la Neste,
Qu'il vole d'un léger essor,
Près de cet ami qui lui reste
Si tendre et si fidèle encor.
Mais tandis que le monde abuse
D'un échange banal de vœux,
Variant aux frais de ma muse,
Si vous voulez, causons tous deux.

Je me plains d'abord de ce rhume
Et de ce froid que je maudis,
Puisqu'ils font trouver une plume
Trop lourde à vos doigts engourdis.

Toujours une excuse frivole
Sert votre paresse à loisir.
Ignorez-vous qu'on se désole,
Quand vous ne comblez un désir?
Prenez des tisanes en nombre
Pour noyer la vilaine toux,
Car le mal qui vous rend si sombre
M'inquiète bien plus que vous.

Cependant je serais moins triste,
Si, plus docile à mes avis,
Vous deveniez moins égoïste
Pour mieux songer à vos amis.
Que plaignez-vous donc, cher avare,
Ou votre peine ou vos moments?
L'encre chez vous est-elle rare
Pour m'oublier aussi longtemps?
J'éprouve pourtant une crainte
Quand votre cœur fait un effort :
N'aimerait-il que par contrainte
Lorsque le mien aime si fort?
Soyons, ami, de meilleur compte,
Et devenez plus libéral.
Mon affection prend l'escompte
Quand elle place un capital.
En pensers ce qu'elle vous donne

Et ce que pour vous elle fait,
Qui peut le deviner? Personne,
Pas même vous, Dieu seul le sait.
Sans cesse franchissant l'espace
Qui me sépare de là-bas,
J'aime à reparcourir la trace
Que jadis imprimaient nos pas.
Avec bonheur je me rappelle
Des promenades du matin,
Quand près de vous, toujours fidèle,
Cent fois j'aurais fait le chemin.
J'assiste encor à ces grands drames,
Où, preux amis, bien entendu,
Chacun rêvait au jeu des dames,
Au doux honneur d'être battu.
Quand en famille assis à table,
Vous poursuiviez votre entretien,
Charmé de votre humeur aimable,
Je ne laissais échapper rien.
Moments trop courts, douces journées
Que je prolongeais, indiscret !
S'ils duraient pour vous des années,
Je les voyais fuir à regret.
Aujourd'hui se pressent en foule
Tous ces souvenirs d'autrefois ;
Tableaux charmants que je déroule
Et qu'avec bonheur je revois.

Pardon pour ma verve indiscrète :
Je m'aperçois que j'oubliais
Que mon épître de poète
Devait vous porter des souhaits.
Tant de discours, c'est une ruse,
Il n'en fallait pas la moitié.
Deux mots suffisaient à ma muse
Pour vous dire mon amitié.
Qu'une embrassade pour étrenne
Suive tous mes vœux attendus,
Et que l'ami mande la sienne,
Car je l'attends les bras tendus.

                                   29 décembre 1879.

HUMBLE ET PIEUX HOMMAGE

A LA DOUCE MÉMOIRE DE MON ONCLE L. S. DE GALEZ.

Que ta chère mémoire, encore qui m'inspire,
  Ami, permette au poète exilé
De laisser sur ta tombe échapper de sa lyre
  Un dernier cri plaintif et désolé.
Aujourd'hui je dépose, hélas! sur ta poussière,
  Avec mes chants qui te charmaient jadis,
Mon pauvre cœur brisé, cette urne cinéraire,
  Qu'en t'envolant de deuil tu me remplis.
Puisses-tu partager mon hommage et ma plainte
  Avec tes fils qui dorment près de toi
Au champ des morts, et puisse aussi ton âme sainte
  Du haut du ciel penser encore à moi.

12 janvier 1880.

A la chère mémoire de mon ami B. MÉRILHOU

1ᵉʳ ANNIVERSAIRE

(ACROSTICHE).

Mille pensers de deuil se croisent dans ma tête,
Et ta douce mémoire, en cette triste fête,
Renaît au fond d'un cœur encor que tu remplis.
Il rappelle aujourd'hui l'adieu que tu me fis,
Les larmes que mes yeux versèrent à cette heure.
Hélas ! avec l'airain ton pauvre ami te pleure,
Offrant à ta chère âme, en hommage pieux,
Un soupir suppliant qui retentit aux cieux.

23 janvier 1880.

A M. l'abbé ACHILLE BÉJOTTE, de Nestier.

UNE RÉPONSE

(SONNET–ACROSTICHE).

Avant de commencer votre belle entreprise,
Chez vos meilleurs amis vous frappez sans façon.
Heureux d'être du nombre, oubliant ma surprise,
Il vous faut donc répondre, ô gracieux maçon?

Laissez–moi l'avouer sans honte et sans méprise,
Les écus sont souvent trop courts dans ma maison.
Et devant cet écueil, si mon vouloir se brise,
Bien d'autres mieux que moi solderont leur rançon.

En distinguant fort bien la pierre de la pierre,
Je connais dans votre art celle que l'on préfère.
On peut de *pierre ponce* ou bien de *pierre à feu,*

Tirer *pierre de touche* en travaillant pour Dieu.
Trop gueux pour vous livrer une *pierre royale,*
En poète j'en offre une *philosophale.*

25 janvier 1880.

A mon très-vénérable ami L. V. DE MOUR.

HIER ET AUJOURD'HUI

(IDYLLE).

Pour mon ami, quand, dans l'année,
Je puis dérober à l'ennui,
Ne serait-ce qu'une journée,
Je cours la passer près de lui.

Je trouve la vapeur si lente
Lorsque elle me porte là-bas !
La machine m'impatiente
Et semble marcher pas à pas.

Mais aujourd'hui par trop rapide,
Elle m'arrache de ce lieu
Où ma tendresse encor avide
Avec regret a dit adieu.

Tandis que son élan m'entraîne,
Mon cœur tout imprégné d'amour
Déroule avec bonheur la chaîne
Des plaisirs goûtés en un jour.

On sent, mais sans pouvoir le dire,
Près d'un ami qu'on est content.
On a tout ce que l'on désire
Quand on le voit, quand on l'entend.

Les jours d'ennuis et de tristesse
Sont alors oubliés soudain,
Et l'on ne vit plus que d'ivresse,
Sans nul souci du lendemain.

Quand tout nous charme et nous invite
A la joie un jour de revoir,
Heures, pourquoi passer si vite,
Laissant à peine un peu d'espoir?

O toit béni, paisible asile
Où je voudrais vivre toujours,
Vers ton sein je reviens agile,
Car j'y goûte de si beaux jours !

Modeste et riante demeure,
Doux nid caché dans le vallon,
Où le vent d'Aure siffle et pleure,
Berçant de sa molle chanson.

Il semble encor que mon oreille
Entend ce monotone accord,
Plainte de la nuit qui réveille
Ou qui fait rêver quand tout dort.

Au ciel bleu je sens l'astre luire,
Réchauffant les pâles gazons,
Et son haleine qui déchire
De l'hiver les derniers glaçons.

Je contemple encor dans la plaine
La Neste, aux flots harmonieux,
Qui bondit ou coule sereine
Dans son lit si capricieux.

Sur la planche qui branle instable,
Je vois d'un bord à l'autre bord,
Passer la brouette de sable
Qu'on traîne ou pousse avec effort.

O promenade printanière,
Alors que nous marchions tous deux
Tantôt devant, tantôt derrière,
Ton souvenir me rend heureux.

Mes yeux le regardaient sans cesse,
Car pour jouir de mon retour,
Mon cœur savait dans sa tendresse
Qu'il n'avait son ami qu'un jour.

Avec sa dernière embrassade
Que j'emporte, pauvre exilé,
Il a payé mon escapade
Et m'a pour un temps consolé.

6 février 1880.

A mon excellent ami J. F.

PORTRAIT DE COMMANDE

(SONNET).

Faire votre portrait en vers, c'est peu pratique,
On ne jette en rimant que des traits au hasard.
Un poète pourtant, habile et sans critique,
Réussirait à peindre un si beau sujet d'art.

N'aimant la gêne en rien, pas même en politique,
Il semble à vos côtés qu'on est bien en retard,
En voyant que chez vous on sait, en République,
Ramasser des écus en faisant du bon lard.

Grave, le dos au feu, les pieds chauds sous la table,
Après dîner, pour tout modeste confortable,
Si l'on ne joue au whist, vous offrez un boston.

Couler des jours si doux sans se faire de bile,
On doit vous l'avouer, ami, c'est trop habile.
Ne me vendriez-vous pas votre secret, Gascon?

15 février 1880.

A M. le commandeur DOMENICO JACCARINO,

Président della Scuola Dantesca napolitana, del circolo promotore Parte-
nopeo, Del Pantheon dei Virtuosi cosmopoliti, à Naples (Italie).

HOMMAGE DE RECONNAISSANCE

(SONNET).

J'ai vu, belle Italie, et ton ciel poétique,
Et ton sol merveilleux où fleurissent les arts.
Du golfe où Gênes dort jusqu'à l'Adriatique,
Tes splendides cités ont épris mes regards.

J'ai vu des Apennins la cime granitique,
Et mes pieds ont foulé tes palais des Césars.
Tu me charmas jadis, rivale de l'Attique,
Car je trouvais partout des chefs-d'œuvre épars.

Oh! garde précieux ces restes de ta gloire :
De tes siècles passés quand je relis l'histoire,
Mon cœur sent rajeunir leur souvenir lointain.

Pour m'enivrer, poète, aux flots de l'harmonie,
Tu m'indiques où plane encore ton génie
En me montrant du doigt le ciel napolitain.

28 mars 1880.

A M. le marquis L. T. DE SAINCTHORENT.

LE BARIL DE PIQUETTE.

Liqueur vermeille
Et sans pareille,
Beaucoup plus vieille
Que le vieux temps,
Tu me fais rire
Et sur ma lyre
Ta vue inspire
Mes plus gais chants.

Oui, sans nul doute,
Lorsque je goûte
Rien qu'une goutte
De tes rubis,
O ma piquette,
Ma pauvre tête
Tourne, et poète
Je te dis : bis.

Après la soupe,
Et sans la loupe
Je tiens ma coupe
Pleine à la main.
Mais trop avide,
Ma bouche aride
Sent et la vide
D'un trait soudain.

Quand je travaille
Ou que je baille,
Il faut que j'aille
Au robinet.
D'une rasade,
Mon front malade
N'est plus maussade.
Ma voix renaît.

En perles brille,
Mousse et pétille,
O pâle fille
Des Océans
Ou de la lune ;
Ta robe brune
Et peu commune
A six mille ans.

12

Plus que moi-même,
Ah ! oui je t'aime,
Nectar suprême,
De mon caveau.
Chasse tristesse,
Charme jeunesse
Et verse ivresse
Dans mon cerveau.

Jamais n'arrête,
Chère piquette,
Pour le poète
File un doux fil ;
En glouglous roule
Des flots en foule,
Sans cesse coule
De mon baril.

1er avril 1880.

A mon ami M. P. LAVIT DE LABARTHE.

VANITAS.

Ainsi que le ruisseau
Qui s'enfuit de sa source,
L'enfant de son berceau
S'éloigne, et dans sa course
Précipitant ses pas,
Tout couvert de poussière
Achève sa carrière
Qu'il ne remonte pas.

Dans cette vie, hélas ! si brève,
Un instant nous apparaissons
Pour disparaître avec le rêve
Que jusqu'au bout nous caressons.

Est-ce sagesse, est-ce démence ?
Le cœur de l'homme est ainsi fait :
Il espère comme en enfance
Et meurt sans être satisfait.

Sans que rien comble son attente,
Il arrive à moitié chemin,
Et puis soudain descend la pente,
Car à trente ans c'est le déclin.

Ignorant les peines amères,
Sous un ciel bleu sans horizons,
L'enfant peut vivre de chimères
Et sourire aux illusions.

Le désir et la confiance,
C'est pour lui que Dieu les a faits.
Qu'il goûte donc sans méfiance
A la coupe de ces bienfaits.

De son printemps sainte folie
Qui rend son front épanoui,
Quand soudain il trouve la lie
Au fond du rêve évanoui.

C'est en vain qu'il caresse encore
Ce charme qui l'avait séduit
Et qu'ici-bas n'est que l'aurore
D'un bonheur qui jamais ne luit.

Plus on vit, plus longue est la chaîne
Des désirs trahis et déçus.
Le vieillard lourdement la traîne
En l'augmentant de plus en plus.

Sa soif n'est jamais assouvie ;
Il croit toujours en l'avenir,
Car il rêve au soir de sa vie
Lorsque pour lui tout va finir.

Puisqu'on ne trouve que mensonge
Au bout de chaque espoir trahi,
Homme, pourquoi poursuivre un songe
De tant d'amertumes suivi ?

Que valent la gloire et l'envie
Pour les acheter à ce prix ?
Elles sauront remplir ta vie
Bien que dignes de tout mépris.

On n'entre au temple de Mémoire,
On n'atteint jamais le bonheur,
Qu'en fuyant ici-bas la gloire
Qu'en restant fidèle au labeur.

Aime le rôle qui t'incombe,
Car Dieu t'a dit, rappelle-toi :
Malheur au lâche qui succombe
Ou qui n'obéit à ma loi.

4 avril 1880.

A mon ami M. l'abbé ARTHUR ROUSSEAU.

L'ARTISTE

(SONNET-ACROSTICHE).

Rapide comme un flot précipité qui coule,
On croirait sous tes doigts qui tiennent en suspens,
Un instant que la voûte avec fracas s'écroule
Sur les dalles du temple où vibrent tes accents.

Soudain c'est un ruisseau de perles et qui coule
En murmurant bien doux pour ravir tous nos sens.
A ton magique appel les chœurs viennent en foule,
Un écho vers le ciel les porte avec l'encens.

Artiste, quand ta main légère sur l'ivoire
Réunit sous ses doigts la touche blanche et noire,
Tu parais trop modeste assis à ton clavier.

Heureux, j'aime à nager dans tes flots d'harmonie,
Unissant mes accents à ceux de ton génie,
Ravi je chante alors ou tu me fais prier.

6 avril 1880.

A M. JEAN DE GOUYON.

L'ÉTOILE FILANTE.

La lune rayonnait, et de ma solitude
Je contemplais rêveur l'immensité du ciel.
En voyant ce spectacle, avec béatitude,
Je murmurais tout bas une hymne à l'Eternel,
Quand soudain une étoile, abandonnant l'espace,
Comme un rubis tombé d'un grand manteau d'azur,
Disparut à mes yeux sans laisser une trace
De sa course à travers mon horizon si pur.

    Etoile errante et vaporeuse,
    Pourquoi ce vol mystérieux,
    Puisque déjà mon âme heureuse
    Se tenait suspendue aux cieux?
    Que viens-tu faire sur la terre
    Où l'homme ne trouve qu'ennui?
    Viens-tu partager sa misère —
    Ou briller ici-bas pour lui?

A l'âme au sein de l'esclavage
Viens-tu parler de liberté
Et par ton lumineux passage
Répandre la félicité ?
Pourquoi de tes célestes cimes,
Dieu, de son souffle tout puissant,
Te lance-t-il vers ces abîmes
Où je me traîne languissant ?

— Puisque tu le veux donc, poëte,
Apprends que mon rôle ici-bas
Est de guider l'âme inquiète
En venant éclairer ses pas.
Si jamais tu deviens morose,
De ma visite souviens-toi,
Puisque je t'apporte une chose
Qui console toujours, la Foi.

2 mai 1880.

A mes cousins G. et H. DUPUY, d'Alger.

CONTENT DE PEU.

Fiat voluntas Dei.

Parfois sur les bords du rivage
Je vais écouter les soupirs
Que les flots dans leur chant sauvage
Mèlent à la voix des zéphyrs.

En regardant la barque agile
Avec ses passagers heureux,
Je pense au malheur qui m'exile
Et des pleurs coulent de mes yeux.

J'écoute la rame qui plonge
Et replonge à pas cadencés,
Tandis que je rappelle en songe
A mon cœur ses beaux jours passés.

Assis sur le sable des grèves,
Je crois entrevoir la maison,
Objet constant de tous mes rêves,
En fixant mon large horizon.

Au souvenir de ma patrie
Et de son ciel d'azur si doux,
J'accompagne, l'âme attendrie,
La barque d'un regard jaloux.

Mais bientôt la vague indécise,
Changée en flots tumultueux,
La lance et tout à coup la brise
Contre des récifs écumeux.

Je m'éloigne alors du rivage
Auquel je dis un prompt adieu,
Et, fuyant les mers et l'orage,
Je retourne où m'a placé Dieu.

Mieux vaut encor ma solitude
Au sein de mon petit troupeau,
Car j'y puis sans inquiétude
Rêver toujours à mon hameau,

Rêver au toit qui m'a vu naître,
A mes nombreux frères, hélas !
Que la mort y fait disparaître
Et que je n'y reverrais pas.

Le philosophe avec sagesse,
Content, sous tous les cieux se plaît,
Sachant qu'un charme a sa tristesse,
Qu'il n'est pas de bonheur complet.

3 mai 1880.

A mon ami J.-CH. FRAPIN,
Aumônier militaire, maître de chapelle.

(ACROSTICHE.)

Fier déjà de ton nom, l'avenir à ta gloire
Réserve avec amour une page d'histoire.
Artiste merveilleux, va, poursuis ton chemin :
Puisque par ta valeur tu n'eus jamais d'entraves,
Il faut que cette croix, qu'on ne donne qu'aux braves,
Noblement brille un jour sur ton cœur, ô Frapin.

14 mai 1880.

A M. *le commandeur* ALBERT MAILHE,

Président de l'académie Mont-Réal.

(SONNET–ACROSTICHE.)

Mont-Réal, frais parterre où butine la Muse,
Où le soleil des arts de mon ciel du midi
Ne rayonne aussi doux; où rimeur je m'amuse,
Tentant quelques quatrains en poète étourdi ;

Réellement je sens que je n'ai point d'excuse
En foulant tes sentiers de mon pied trop hardi.
Apollon toutefois jamais ne m'y refuse
Le monotone accent de mon luth engourdi.

Ma Muse jeune est pâle et pour ce seul mérite,
Apollon en a fait déjà sa favorite :
Il l'aime, il la conduit, il l'a prise en pitié.

Le poète comprend la faveur qui l'honore ;
Heureux, au Mont-Réal il va grandir encore,
Et son cœur ne pourra payer que d'amitié.

1ᵉʳ juin 1880.

Sur la dépouille de mon père.

***

LE DERNIER BAISER

(ÉLÉGIE).

***

A la lueur blafarde et vacillante
Des deux flambeaux, d'une main défaillante,
    Pour remplir un pieux devoir,
Je tins levé le rameau d'eau bénite
Sur sa dépouille et m'agenouillai vite...
    Après je voulus le revoir.

Il était là sur son lit funéraire
Pressant des mains qu'enlaçait un rosaire
    Un petit crucifix de bois.
Dans son sommeil, ses lèvres demi-closes
Semblaient encor me dire mille choses,
    Mais je n'entendais plus sa voix.

Impatient, aussitôt je me penche,
Et, soulevant le pan de gaze blanche
    Qui le couvrait, je vins poser

Sur son beau front glacé, déjà tout blème,
Ma bouche en feu, dans un adieu suprême,
    Lui donnant mon dernier baiser.

Lorsque sonna bientôt la neuvième heure,
Je vis alors se remplir la demeure
    D'amis qui partageaient mon deuil.
Chaque minute en augmentait le nombre,
Et quand l'airain tinta de sa voix sombre
    On l'emporta dans le cercueil.

Au doux foyer, hélas! si plein naguère,
Je retrouvais encore mon vieux père.
    Qu'y trouverai-je à mon retour? —
Mon dernier frère avec moi qui le pleure.
En revenant hier dans la demeure
    La mort m'a dit : « bientôt ton tour. »

                    19 juillet 1880.

A mes amis Monsieur et Madame *VICTOR VIGUERIE*

LE JOUR DE LEUR MARIAGE.

Aujourd'hui par le cœur assistant à la fête,
Je vous adresse en toast mes souhaits et mes vœux.
Pensez parfois à moi, car votre ami poète
Sera toujours content s'il vous sait très heureux.

                    7 septembre 1880.

TABLE DES MATIÈRES.

www.ingramcontent.com/pod-product-compliance
Lightning Source LLC
Chambersburg PA
CBHW070854030726
47504CB00005B/1335